Het verborgen pad

Het Schrijverscollectief A t/m Z

Jos Govaarts

Jeannette Hachmang

Claudia Stinne

Victor Vergeer

Het verborgen pad

Auteurs: Jos Govaarts, Jeannette Hachmang, Claudia
Stinne en Victor Vergeer
Vormgeving cover: Salvador Rooijmans
Vormgeving binnenwerk: Victor Vergeer
Redacteur: Sanne Visch, Pen & Inkt

ISBN: 9798833606476

Voorwoord

Begin 2022 werden wij, auteurs van de verhalen in dit boek, benaderd om een bijdrage te leveren aan het Cultuurpad van de Gemeente Coevorden.
Dit Cultuurpad is ontwikkeld met als doel de diverse dorpen van de gemeente te verbinden en mensen mee te nemen in de cultuur, historie en natuur van deze mooie gemeente. Het thema van het culturele jaar 2022 van Coevorden , 'Verbonden in verhalen', sprak ons erg aan.
Al brainstormend kwamen we op het idee om in het rijke verleden van de 'voormalige gemeente Zweeloo' te duiken. We vonden vele interessante onderwerpen. Het boek is een bundeling geworden van verhalen uit verschillende periodes van de geschiedenis.

Claudia Stinne, schrijfster van *Een leven op wielen*, heeft de strieder gekozen. Een man die hier in de laat Romeinse tijd heeft geleefd en in Oud Aalden is begraven. Ze combineert hem met de vondst van 'de prinses van Zweeloo', al is niet bekend of deze figuren in dezelfde tijd hebben geleefd.

Jeannette Hachmang, schrijfster van *Kikkertje Knetterkont, Het Kleine Reusje* en *Gevangen door een angststoornis*, was onder de indruk van de heldendaden van Albert Oosting in de Tweede Wereldoorlog. Haar verhaal is fictie, maar gebaseerd op zijn verhaal.

Victor Vergeer, schrijver van *De Protegé*, baseerde zijn verhaal op de piloot Archie B. Luper, een heldhaftige piloot die op jonge leeftijd overleed, terwijl hij als Amerikaanse luitenant streed voor onze vrijheid.

Jos Govaarts, schrijver van *Krassels, De man met de rieten reiskoffer* en *De jongen die wilde deugen*, koos voor de tram die tussen 1918 en 1947 van Assen naar Coevorden reed.

Onze dank gaat uit naar iedereen die achter de schermen heeft meegeholpen aan het bij elkaar brengen van dit schrijverscollectief of op een andere manier zijn steentje heeft bijgedragen.
Deze verhalenbundel is tot stand gekomen door een Financiële bijdrage van Dorpsbudget Aalden.

Claudia Stinne, Jos Govaarts, Jeannette Hachmang en Victor Vergeer

Inhoudsopgave

De notaris

De man leunde achterover in zijn comfortabele leren bureaustoel. Zijn blik ging over het pakje brieven in zijn handen en hij draaide de enveloppen rond en rond. Het waren mooi versierde enveloppen met gekalligrafeerde adressen. Vier gewone en twee dikke.

'Wat zou er toch in deze envelop zitten?' vroeg hij zich hardop af. Onderzoekend gingen zijn vingers over het oppervlak van de dikste envelop.

Tegelijkertijd gingen de gedachten van de notaris terug naar de vrouw die een paar maanden geleden zijn kantoor binnenkwam. Een knappe vrouw van middelbare leeftijd wachtte niet op zijn uitnodiging om plaats te nemen. Ze pakte de stoel aan de andere kant van zijn lijvige bureau en ging zitten. Haar tas hield ze op haar schoot geklemd. De vrouw rommelde er wat in en haalde een zakdoek met daarop een mooi geborduurde 'M' tevoorschijn. Ze depte haar voorhoofd, hals en zedige decolleté. Daarna stelde ze zich voor en stak van wal, terwijl ze een aantal brieven en een stuk papier uit haar tas trok.

'Ik wil dat u een aantal brieven voor mij verstuurt. De instructies staan duidelijk op dit papier. De belangrijkste instructie is dat ik anoniem wil blijven, dat moet u mij beloven!' De notaris krabde zich even onder zijn onderkin.

'Mevrouw, het gaat hier toch niet om iets onoorbaars? Iets wat misschien tegen de wet ingaat?'

'Nee, hoor,' antwoordde de vrouw. 'Ik zou zoiets nooit doen, dat kan ik u verzekeren.' Toen stond ze op en legde de brieven en de instructies voor hem neer. Voordat de notaris van zijn verbazing was bekomen, was de vrouw alweer vertrokken. Ze had niets gezegd over de brieven, niets over de relatie tussen haar en de geadresseerden en ook niet wat er in de brieven stond. De notaris weerstond de neiging om de brieven te openen. Met een blik op de klok zag hij dat het tijd was om af te sluiten. Hij zette zijn handen op het bureaublad en drukte zich met een kreun omhoog uit zijn stoel, waarna het leer van de stoel krakend terugveerde in zijn oorspronkelijke vorm. Daarbij schoof hij de stoel ver achteruit om genoeg ruimte te hebben voor zijn corpulente buik. Zonder de stoel op zijn plaats terug te schuiven, pakte de notaris de brieven. Hij wilde zelf aan het aparte verzoek van de bijzondere vrouw voldoen. Op zijn weg naar huis zou hij de brieven posten.

Robin

Op de deurmat lag een handgeschreven brief. Hij stapte voorzichtig naar binnen om de mooi gekalligrafeerde letters niet te bevuilen met zijn afgetrapte sneakers. Pas toen de deur achter hem gesloten was, bukte hij om de brief op te pakken. Met zijn domein afgesloten voor de blik van nieuwsgierige roddelzieke buren, schopte hij direct zijn schoenen uit. Om zijn jas uit te kunnen doen, legde hij de brief op het kastje in de gang. Nieuwsgierig liet hij zijn blik over het adres gaan. Hij kende niemand met zo'n handschrift. Wat kon dit nou weer zijn?

Terwijl hij verder het huis in liep, draaide hij de brief in zijn handen rond. Er stond een notarisstempel op de achterzijde, daar waar normaal gesproken de gegevens van de afzender zouden staan. Dat maakte dat hij direct zijn vinger als briefopener inzette en in een rafelige lijn de envelop opentrok. In zijn hoofd spookten allerlei gedachten over gestorven familieleden. Zoiets zou hij toch niet via de post horen? Dan werd je toch gebeld? Of vergiste hij zich daarin? Er was nog nooit een bekende van hem overleden. Alleen om zijn appartement te kopen, had hij contact gehad met een notaris. Wat kon dit zijn?

Met een plof liet hij zich op de bank zakken. Zijn benen voelden branderig en vermoeid. Strakgespannen na een

hele dienst heen en weer draven in het ziekenhuis.
Het bleek geen overlijdensbericht, maar een sierlijk versierde uitnodiging.

'M.? Wie is M.? Heb ik een oude vlam met die beginletter?' vroeg Robin zich hardop af. Nee, Sjaak en Sjors. Hij had kennelijk iets met S'en. Daarnaast was er nog een vluchtige Paul geweest. Van zijn kortere flings verwachtte hij een uitnodiging als deze al helemaal niet. 'Waar liggen Aalden en Zweeloo überhaupt?' Robin greep direct naar zijn telefoon om het op Google Maps op te zoeken. Direct daarna opende hij zijn agenda om te zien of hij dienst had op die datum. Er stond nog niks genoteerd, dus hij maakte een afspraak aan, voor de hele dag en zette op de 'naam' regel: 'Verrassingswandeling Zweeloo'. Hij kon zich altijd later nog zorgen maken over wie er precies iets van hem wilde en wat hem te wachten stond. Ook zou hij nog uitvogelen hoe hij in Drenthe moest komen met het openbaar vervoer. Nu was hij toe aan een avondje met zijn favoriete Netflix-serie. 'Hé Siri, zet de tv aan,' zei hij, waarna hij verder onderuitzakte in de kussens van de bank.

Kris

Kris zat in haar tuin te genieten van een streekroman toen ze de brievenbus hoorde rammelen. Snel stond ze op uit haar tuinstoel, hopend op een babbeltje met de postbode. Kris had weinig aanspraak in het dorp. Ze was niet getrouwd en haar familie woonde in het zuiden van het land.

Voor ze de hoek om liep, probeerde ze haar warrige haarbos glad te strijken en trok ze haar bloesje recht. Teleurgesteld zag ze dat de postbode alweer was vertrokken. Ze haalde een stapel post uit de brievenbus die ze, terwijl ze terugliep naar de tuin, snel doornam. Rekeningen, wat reclame en een nieuwsbrief van de school waar Kris al jarenlang lesgaf. Niets aparts, tot ze dé brief vond. Kris kreeg nooit brieven. De envelop had sierlijk gekalligrafeerde letters op de voorkant. Meteen begon Kris' brein te werken. Wie kon er zo mooi kalligraferen? De afzender probeerde in ieder geval indruk op haar te maken! Nieuwsgierig naar de inhoud scheurde ze de brief open, zonder aandacht te schenken aan de stempel die op de achterkant van de envelop stond.

Met trillende vingers legde Kris de brief op tafel. De opwinding die ze voelde opkomen, sloeg om in een zwerm vlinders, die hun vleugels driftig in haar buik uitsloegen.

Zich koelte toewuivend met de envelop bekeek Kris de uitnodiging. Wie kon toch die M. zijn? Maurice, Marcel of Mark? Het waren allemaal namen voor mannen, maar ze kende niemand die zo heette. Vrouwennamen kwamen helemaal niet in haar gedachten op. Ze wist zeker dat dit een brief van een aanbidder was. Wie anders zou haar uitnodigen voor een wandeling en een diner? In gedachten zag Kris het al voor zich. Een man zou haar opwachten met een bos roze rozen. Daarna zou hij haar het hof maken, net als in de streekroman die ze aan het lezen was. Afsluitend had hij een diner geregeld bij Tante Sweel. Wie weet waar deze uitnodiging toe kon leiden? Snel pakte Kris een pen en haar Marjolein Bastin agenda. Nadat ze de datum van de wandeling had genoteerd, begon ze met het plannen van afspraken bij de kapper, nagelstudio en schoonheidsspecialiste. Ze zou niets aan het toeval overlaten.

Claartje

De dikke plof op de mat bij de voordeur klonk voor
Claartje vertrouwd. De postbode had weer de nodige
brieven bezorgd. Ze kreeg dagelijks brieven van vrienden
van over de gehele wereld. Natuurlijk wist ze dat e-mailen
en appen sneller ging en goedkoper was, maar ze hield nou
eenmaal van 'standing'. Ze schreef zelf met een vulpen met
Royal Blue inkt en gebruikte vloeipapier onder haar hand
om geen vlekken te maken. Mooie, gelijkmatige letters. Ze
schreef aan hen over allerlei onderwerpen, waarbij ze
zorgvuldig rekening hield met de interesse van de
geadresseerde. Brieven schrijven was haar lust en haar
leven. Claartje woonde alleen in een grote villa. Niet dat de
mannen geen interesse hadden, ze konden gewoonweg niet
aan haar standaard voldoen. Tussen al die brieven zat één
brief die anders aanvoelde. Ze draaide hem een paar keer
om en schrok een beetje toen ze de stempel van de notaris
zag. Wat kon dat inhouden? Ze maakte de brief open en
trok langzaam de kaart eruit. Met verbazing las ze wat er
stond. Ze werd uitgenodigd voor een wandeling en diner.
Aalden? Zweeloo? Waar was dat in hemelsnaam?
Ze stond op, trok de Bosatlas, die ze nog van haar vader
had gekregen, uit de boekenkast en zocht de plaatsnamen
op. Op de Hondsrug lagen ze, daar had ze ooit als klein

meisje gelogeerd.

Wandelen? Dat was helemaal niets voor haar. Reizen wel! Haar reis naar India, waar ze kennis had gemaakt met de leer van Krishna, zou ze nooit vergeten. Nog dagelijks was Krishna bij haar, ze was met hem verweven. Ze zag Krishna in alles om haar heen. Liefde en levensenergie. Dat ze de sherry had moeten afzweren was moeilijk geweest, nu wist ze niet beter. Claartje schudde zich los uit haar herinneringen en richtte zich weer op de uitnodiging.

De uitnodiging was ondertekend door M. Wie was M? Iemand die zich verborg achter een nietszeggend initiaal, daar kwam alleen maar gedoe over. In gedachten ging ze na wie M. kon zijn. Een van haar penvrienden misschien? Ze ging de namen langs: Maartje, Maarten, Maurice, Melanie, Mimi. Ze zou haar vrienden vragen wat ze moest doen. Een week later had ze van iedereen antwoord. Het verbaasde haar dat in alle brieven hetzelfde stond: Meedoen, Claar.

Waarom ook niet, dacht ze. Misschien was het Krishna die haar, op deze zonderlinge wijze, duidelijk maakte dat ze dit avontuur moest aangaan.

Sander

Sander had die envelop op het kastje bij de deur wel zien liggen, maar hij had een aversie voor mensen die nog steeds 'snail mail' gebruikten. Het was gewoon zonde van het papier.

Uiteindelijk graaide hij de brief van het kastje en scheurde de envelop open. Toen pas zag hij dat het van een notaris was. Welke notaris stuurt nu nog een brief met een handgeschreven adres erop? Zeker nog van de oude stempel, dacht hij.

Sander vond de uitnodiging in eerste instantie kitscherig overkomen. Vooral omdat de afzender zich schuilhield achter zijn of haar initiaal.

Alhoewel… Het had natuurlijk ook wel een James Bond-achtige allure, wat niet helemaal verkeerd was. Hij dacht diep na en wist niemand wiens naam begon met de letter M., tenminste niet iemand die hij belangrijk vond. Een wandeling en een etentje waren misschien wel iets wat hij zou kunnen doen. Dan kon hij eindelijk zijn nieuwe custom made wandelschoenen uitproberen en de wandelaarsapp voor zijn Apple Watch, waar hij een gratis abonnement voor had gekregen.

Hij controleerde zijn agenda en was blij dat hij op 10 september nog niets had staan.

Dat was mooi!

Maar het tijdstip – 10:00 uur in Aalden – was nog wel een uitdaging. In het weekend bleef hij het liefst lekker lang in zijn bed liggen. Doordeweeks was het voor hem al een hel om op tijd op de zaak te zijn. Vooral omdat hij het, als manager, niet kon maken om te laat te komen.

Hij googelde de twee restaurants en kwam al gauw tot de conclusie dat het een trip met de auto zou gaan worden. Hij overwoog nog even om er een weekendje weg van te maken, maar het idee om dan niet in zijn eigen bed te slapen was genoeg om te accepteren dat hij 's avonds nog laat in zijn auto moest stappen om naar huis te gaan.

De aankomst

Kris wist niet wie ze op de afgesproken plek zou aantreffen, maar ze had zichzelf beloofd dat ze niets aan het toeval over zou laten. Haar wilde bos asblonde haar was bij de kapper gestyled en had ze vervolgens zelf in een nette knot op haar hoofd gespeld. Dat had bijna haar hele voorraad aan schuifspelden gekost, maar ze was tevreden met het resultaat. Ze had een paar speelse krullen losgemaakt zodat die charmant om haar kaaklijn vielen. Haar gezicht was zorgvuldig opgemaakt en ze had haar nagels in een romantisch roze kleur laten lakken. Kris had nog even getwijfeld, maar had toch besloten om haar lievelingsjurk – een wijd vallende, gebroken witte jurk van broderie – aan te trekken. Natuurlijk zouden ze een kleine wandeling gaan maken, dacht Kris, dus had ze niet getwijfeld om haar gehakte open sandaaltjes aan te trekken. Ze bekeek zichzelf tevreden in de grote spiegel in haar slaapkamer. Ze vond dat ze eruitzag als een van haar favoriete personages uit haar streekromannetjes. Een Victoriaans parasolletje van satijn met een kanten ruffle had het helemaal af kunnen maken, maar die had Kris helaas niet. Ze voelde een opgewonden kriebel in haar buik. Vandaag kon ze haar zielsverwant tegenkomen, dacht ze hoopvol. Na een bevallige pirouette voor de spiegel pakte ze de brief van de schoorsteenmantel en ging ze op weg naar LiBo, waar ze haar gezelschap zou ontmoeten.

Kris neuriede zachtjes 'My heart will go on' van Celine Dion terwijl ze door de straten liep. Ze moest zich inhouden om niet te huppelen, zo opgewonden was ze bij het vooruitzicht haar aanbidder te ontmoeten.

'Rustig Kris,' sprak ze zichzelf toe, 'we willen niet té gretig overkomen.'

Voor Grand Café LiBo in zicht kwam, ademde ze diep in en vertraagde haar pas. De teleurstelling was enorm toen ze zag dat er niemand voor LiBo stond. Ze was te vroeg!

Sander zat in zijn auto op de parkeerplaats bij het restaurant te wachten, omdat hij met zijn slaapdronken kop even vergeten was dat er in het weekend heel wat minder verkeer op de weg was. Hij had niet lekker geslapen en was een aantal keren half wakker geworden door vreemde, maar vooral vage dromen. Gisteravond had hij nog even door zijn oude adresboekjes gebladerd of hij iemand kon bedenken die de uitnodiging had verstuurd, maar dat had tot niets geleid.

Hij keek op en zag een bevallige dame in een witte jurk richting het restaurant lopen. In haar delicate hand hield ze krampachtig een envelop vast en hij wist bijna zeker dat zij een van de andere genodigden was. Hij kon haar ongegeneerd bestuderen en vond de weelderige blonde haardos haar goed staan. De wind blies de losse stof van haar jurk strak tegen haar lichaam en Sander kon haar volslanke postuur wel waarderen. Hij klakte met zijn tong toen hij haar fragiele sandaaltjes zag, wetende dat een flinke wandeling voor haar geen pretje zou gaan worden. Haar gezicht was vriendelijk en voordat hij wist wat hij deed, stond hij naast zijn auto.

Gewapend met dezelfde envelop in zijn handen liep hij richting de blonde dame. Toch wel een beetje nerveus haalde hij zijn hand door zijn kortgeknipte zwart haar en schraapte zijn keel voordat hij haar aansprak: 'Heeft M. jou ook gesommeerd?'

Geschrokken draaide ze zich om en terwijl ze met haar roze gelakte nagels een paar losse haren van haar gezicht plukte, antwoordde ze timide: 'Uhm, ja. Weet jij toevallig wie M. zou kunnen zijn?'

'Nee, helaas. Ik zou het niet weten,' zei hij enigszins ongemakkelijk, terwijl hij in haar grijsblauwe ogen keek. Hij vond haar stem prettig om aan te horen.

'Oh oké.'

Om de gespannen stilte te doorbreken, stak Sander zijn hand uit en zei: 'Mijn naam is Sander.'

'Kris,' sprak ze duidelijk. 'Leuk om kennis te maken, Sander.' Sander knikte terwijl hij op zijn Apple Watch keek; 10:00 uur precies. 'Zullen we naar binnen gaan? Misschien zijn er anderen die op ons zitten te wachten.'

Kris keek door de ramen naar binnen en stelde voor: 'Laten we buiten even wachten. Het is best lekker weer en ik zie binnen niemand zitten.'

'Kijk, daar komt iemand aan,' zei Sander, 'ook een vrouw. Niet dat ik daar iets mee bedoel, maar het wordt toch niet een vrouwenaangelegenheid? Anders ben ik zo vertrokken.'

'Welnee, joh.' Kris draaide haar hoofd in de richting van de voetstappen. De vrouw bleef op een afstandje naar Sander en Kris kijken. Ze pakte haar rugzak en rommelde er wat in.

'Jawel,' Sander aarzelde even. 'Als een vrouw iets uit haar tas wil, dan duurt dat natuurlijk even. Er zal wel weer nutteloze rotzooi in zitten, lippenstift, poeder, een kam, nog een kammetje voor als ze die andere niet kan vinden, haarspeldjes. Ze denkt zeker dat dat helpt, dat mens ziet eruit alsof ze in een andere tijd leeft. En dit is een rugzak, dus dit gaat uren duren.'

'Pas op, Sander. Ik heb ook lippenstift opgedaan,' lachte Kris.

Claartje trok de uitnodiging uit haar rugzak en wapperde er demonstratief mee. Die twee daar zullen toch niet meedoen? Nee, dat is helemaal niets voor hen, dacht ze. Claartje wist zeker dat ze bekenden zou tegenkomen, om haar te verrassen, zogenaamd lollig doen. Maar die twee daar? Ze kon het zich niet voorstellen. Claartje keek stuurs de andere kant op. Ze schrok toen ze achter zich een mannenstem hoorde.
'Ben jij ook uitgenodigd?'
Het was even stil en toen zei een vrouwenstem: 'Ik ben Kris en dit is Sander. Wij hebben ook een uitnodiging ontvangen.'
Claartje draaide haar hoofd geërgerd om en zag dat de man en de vrouw naar haar toe waren gelopen. Hebben ze hier niet het fatsoen om te vousvoyeren? Ze kon haar ongenoegen niet verbergen, ze had een hekel aan mensen die haar zomaar met jij en jou aanspraken. Ze keek de vrouw en de man hooghartig aan.
'Ik denk dat jullie je vergissen, ik wacht op andere mensen.'
'Nee, hoor. Je hebt dezelfde uitnodiging dan wij.'
'"Als wij", zult u bedoelen.' Ze kon zich niet inhouden om de ander erop te wijzen dat dit grammaticaal volledig incorrect was. Zeker de school niet afgemaakt.
'Heeft u,' en ze kon zich niet inhouden om extra nadruk op 'u' te leggen, 'heeft u dezelfde uitnodiging als ik gekregen? Waarom dan? Ik ken u helemaal niet.'
'Ik ken jou ook niet en toch heb je dezelfde uitnodiging, kijk maar.' Sander pakte de zijne en hield die naast die van Kris en Claartje.
'In dat geval: Claartje, met een 'cee'.' Ze lachte gemaakt. 'Wachten we nog op anderen of vertrekken we meteen? Dan hebben we het maar gehad.'

'Verwachten we nog iemand?' zei Sander. 'Ik hoop dat er nog iemand komt die weet waar we dit aan te danken hebben.'

'Nou, als het maar een lieve man is.' Kris keek verwachtingsvol om zich heen. Ze had zich niet voor niets opgemaakt.

In de verte kwam een jongen aanlopen, vijfentwintig of misschien iets ouder. Hij had felgekleurde gympen aan, de broekspijpen van zijn witte broek waren opgerold, zodat zijn blote enkels goed zichtbaar waren. De stof van zijn T-shirt zat dusdanig strak om zijn torso dat zijn spieren goed zichtbaar waren. 'We are all one' stond erop geschreven. Vooral zijn brede lach viel op.

Claartje wist niet waar ze moest kijken. Ze had een hekel aan mannen met strakke T-shirts. Moet je nu echt zo pronken met tepels, biceps en andere uiterlijkheden? En dan die tatoeages op z'n armen!

'Daar is je lieve man al!' smaalde Claartje tegen Kris. Toch kon ze haar ogen niet van hem afhouden. Haar eigen zoon zou net zo oud zijn als deze jongen.

'Hallooo,' klonk het. 'Ben ik laat? Ik had ook nog zoveel te doen. Sorry, hoor.' Hij wapperde met zijn rechterhand als groet. 'Ik ben Robin.'

Ze stelden zich allemaal voor.

'Sander, leuke naam.' Robin keek Sander doordringend aan, zodat die een rode kop kreeg. Hij werd gered door een personeelslid van LiBo die op hen af kwam lopen.

'Ik zie dat jullie compleet zijn!' Ze reikte hen een routebeschrijving en een kaartje van de omgeving aan. 'Ik zal jullie lunchpakketten nog even pakken. Alles staat klaar,' zei ze er achteraan.

'Jammer, we kunnen niet verdwalen in de bossen met die plattegrond. Wat een pech hè, Sander? Ik zou met jou best in het bos willen verdwalen. Wacht even met vertrekken, ik heb uren in het ov gezeten. Ik moet eerst plassen. Achter de bosjes lijkt me niet netjes.'

'Moet ik met deze vent écht de dag doorbrengen?' fluisterde Sander tegen Claartje.

'Ik anders ook met jullie,' fluisterde ze terug.

Kris inspecteerde het lunchpakket. Voor iedereen een pakje jus d'orange, een appel, een sandwich en wat zoetigheden voor onderweg. Er was ook een grote thermoskan met thee.

'Mag de kan bij jou in de rugzak, Claar?'

'Mijn naam is Claartje, met een 'cee'. Als je nog één keer Claar zegt, loop ik alleen verder. En ik heb de thee!'

'Ik heb de thee…' Kris deed Claartje na en rolde met haar ogen.

'Heb je wat tegen me?' Claartje keek haar boos aan.

'Jongens, ik bedoel, dames, laten we het gezellig houden. Kom Robin, zeg waar we heen gaan. Des te eerder we beginnen, des te eerder zitten we aan de borrel.'

Op weg naar het pad

Met de routekaart in zijn handen zette Robin de pas erin, op de voet gevolgd door de anderen. Hij sloeg direct rechtsaf, een klinkerweggetje in, dat volgens het bord de Aelder Hooghe heette.

'Nou, dit is nét een straat voor jou, Claartje met een Cee,' zei Robin met een lachende blik achterom. 'De Aelder Hooghe,' herhaalde hij zo bekakt als hij maar kon. Zijn blik ging direct naar het enorme huis aan de linkerkant van de weg. Het was hier heel anders dan de stadse rijtjeshuizen-omgeving waaraan hij gewend was. Al na een paar huizen openden zich weilanden aan hun linkerkant en een enorm V-vormig gebouw trok ook zijn aandacht.

Hij had zich voorgenomen om zich te beheersen, aangezien hij de anderen niet kende. Toch lukte het hem amper om zijn verwondering inwendig te verwerken en verviel hij in: 'Oh, moet je dát zien, kijk daar dan! Ach, die paarden, wat schattig!' en meer van dergelijke uitspraken. Telkens trok hij een van de anderen aan de arm, terwijl hij wees en stopte om te kijken.

Na een paar keer griste Sander de routekaart uit zijn handen en bromde: 'Loop toch eens door, jongen! We moeten hier linksaf.' Sander stapte door alsof de omgeving hem helemaal niet interesseerde, alsof hij hier al honderd keer had gelopen.

'Verderop wordt het pas mooi,' bromde hij. 'Daar loop je langs het beekdal van de Aalderstroom. De oevers zijn bewust natuurvriendelijk gemaakt en er zijn vistrappen om te zorgen dat vissen de bovenloop kunnen bereiken. Wisten jullie trouwens dat dit gebied uniek is? Het is het enige UNESCO Geopark in Nederland…' Sander wauwelde eindeloos verder over alle feitjes die hem over het gebied en de natuur te binnen schoten. Robin hief zijn ogen ten hemel en kon zijn luide zucht niet onderdrukken.

Mopperend in zichzelf liep Kris met het groepje wandelaars mee. Wat een zieke grap was dit. Geen stille aanbidder te bekennen. Sander had haar zo aardig begroet, maar toen Claartje en Robin aankwamen, was zijn houding veranderd. Hij deed nu uit de hoogte.

Alsof zíjn poep niet stinkt, dacht Kris. En dan die Claartje, die haar gelijk belachelijk had gemaakt toen Kris had uitgelegd dat ze Kris met een 'Ka' heette, omdat het een afkorting van Krista was. 'Ik ben Claartje met een 'Cee',' had ze gezegd. Claartje had het misschien niet zo bedoeld, maar Kris koos ervoor om sarcasme in Claartjes' woorden te horen. Zo kon ze lekker in haar boosheid blijven hangen. Claartje bleef ook maar praten over Krishna. Ze wist die man zelfs aan te halen op het moment dat Kris mopperde toen ze met haar open sandaaltjes door een modderig stuk pad moest lopen. Volgens de leer van Krishna moest ze de modder verwelkomen, aangezien deze haar warme voeten afkoelde en Kris beter kon aarden, had ze gepreekt. Alleen Robin was nog enigszins normaal, vond Kris, al raakte ze zo ondertussen flink geïrriteerd doordat hij de wandeling steeds ophield omdat hij weer een vogel, boom, schaap of struik zag. Als je hem zo hoorde zou je denken dat hij nog nooit door een bos had gelopen! Als Robin een vogel of boom aanwees, begon Sander gelijk zijn kennis over de natuur te spuien. Kris had Robin al een paar keer betrapt dat hij achter Sanders' rug met zijn ogen rolde. Sander zuchtte en steunde iedere keer harder als Claartje weer eens iemands grammatica verbeterde of tegen een boom praatte. Hij ging zelfs zover om haar binnensmonds een knotsgekke boomknuffelaar te noemen. Claartje hoorde dat en reageerde onbewogen dat bomen ook levende wezens zijn. Ze leek onwrikbaar in haar overtuiging dat ze alles met liefde moest benaderen. Zo ook toen Kris mopperde over de wandeling. Kris moest deze wandeling zien als een lering, een ontdekkingsrcis van alles wat leeft en hoe mooi dit allemaal was. Verder negeerde ze Kris volledig, waar Kris zich niet druk om maakte. Ze mocht Claartje toch al niet. Het was duidelijk dat niemand van het groepje de ander erg aardig vond, dacht Kris. Zij had in ieder geval echt een hekel aan Sander! Zoals hij zich nu opstelde, leek hij wel heel iemand anders dan bij hun kennismaking. Hij had een muur van arrogantie opgetrokken zodra Claartje verscheen.

Zo inwendig mopperend op haar gezelschap liep Kris verder. Ze waren nog niet heel lang onderweg, maar ze vroeg zich af of ze met goed fatsoen de groep kon verlaten en naar huis kon. Daar kon ze lekker in haar stoel kruipen met een wijntje en de nieuwe roman die ze gisteren bij de boekhandel had gekocht. Het pad waar ze nu op wandelden was bestraat met klinkers, waardoor Kris flink moest balanceren op haar sandaaltjes. Sander liep stevig door. Kris kon hem niet bijhouden, dus ging ze in de berm lopen, waar het gras kriebelde aan haar enkels en tenen. Haar voeten deden nu al pijn en door het hoge tempo liep ze te zweten in haar favoriete jurk. Haar haren waren in haar nek nog erger gaan krullen door de warmte, waardoor ze losgeraakt waren uit de schuifspelden. Van frustratie kon ze wel gillen, maar ze hield haar kaken stijf op elkaar, om niet nog meer wrevel bij de wandelgroep te veroorzaken.

Plotseling stapte ze in een kuiltje in het pad. Haar enkel knikte pijnlijk om en ze dreigde haar evenwicht te verliezen. Met maaiende armen en een gilletje deed ze haar best om overeind te blijven. Robin liep pal achter haar en zag het gebeuren. Hij deed een snelle stap in haar richting en greep naar haar jurk. Hij kreeg net vat op de stof toen Kris haar evenwicht hervond en overeind veerde. Met een knal sloegen hun hoofden tegen elkaar. Kris gaf haar beste impressie van 'de stervende zwaan', terwijl ze met haar handrug tegen haar voorhoofd bewusteloos op de grond viel. Robin vloekte binnensmonds en sloeg als een gevelde boom achterover, waardoor zijn hoofd ook tegen de klinkers bonkte.

Ze bleven allebei liggen.

'Stel je niet aan, jullie beide!' foeterde Claartje, 'We moeten nú verder!' Ze stampvoette van ongeduld. Sander boog zich over Kris en zei: 'Volgens mij is ze bewusteloos en zo te zien heeft Robin ook een behoorlijke knal tegen zijn kop gehad.'

'Joh, sta op. Ze stellen zich aan.'

Sander keek op naar Claartje en schudde zijn hoofd.

'Ach, ze komen zo wel weer bij.'

Hij tikte zachtjes tegen de wang van Kris in de hoop dat ze reageerde. Wat voelde haar huid zacht aan!

'Ik denk dat we toch een ambulance moeten bellen.' Hij keek bezorgd naar haar dichte ogen.

'Denk je?'

'Kijk jij eens even naar Robin.' Sander wuifde naar Claartje dat ze iets moest doen. Hoe kon ze daar zo staan, vroeg hij zich af.

Claartje boog zich over de bewusteloze man en keek hem tien seconden aan. 'Nee, hij reageert niet, maar hij ademt wel. Moet je hem daar eens zien liggen, geveld door een vrouw

nog wel,' ging ze verder en pakte haar flesje water. 'Ik weet wel iets.' Ze nam een flinke slok. 'Wil jij ook?'
Sander keek haar perplex aan. Hij leek naar woorden te zoeken en uiteindelijk zei hij: 'Nee, dank je.'
'Nou ja!' Verongelijkt keek ze hem aan, daarna naar Robin. Haar gezicht kreeg een sardonische grijns en pardoes goot ze het flesje leeg over het gezicht van Robin.
'Wat doe je?' riep Sander geërgerd. 'Nou is Kris ook nat!'
Terwijl Robin begon te sputteren, ontfermde Claartje zich over hem.
Sander depte het gezicht van Kris droog en hielp haar zitten. Tot zijn verbazing verzette ze zich hevig tegen zijn ondersteunende arm. Ze maakte zich los en keek met grote ogen om zich heen. 'Wie zijn jullie? Wer sind Sie?'
'Kris, doe eens rustig. Voorzichtig! Je hebt hard je hoofd gestoten,' suste Sander.
'Kris? Ik ben Tina!'
Robin knipperde tegen de zon en hief zijn hand om het tweetal in zijn blikveld scherper te zien. Onbewust wreef hij over zijn gezicht om het water weg te vegen.
'Wat is er? Wat kijken jullie gek?' mompelde hij daarna.
'Ik heb water over je gezicht gegooid,' zei Claartje alsof het de gewoonste zaak van de wereld was. Ze keek nadrukkelijk in zijn ogen. 'Je hebt vast geen hersenschudding, je pupillen zijn gelijk. Voel je alles nog? Lach eens even.'
Robin plooide zijn gezicht tot een grijns.
'Goed,' concludeerde Claartje, 'geen scheve mond.'
'Er is niks met me aan de hand,' Robin begon zich omhoog te drukken, maar de sterke hand van Sander drukte hem terug tot zit. Met het zaklampje van zijn telefoon scheen hij om beurten in Robins ogen.

De verborgen Strieder

'Laat me nou!' riep Robin geïrriteerd. 'Ik moet jullie wat vertellen! Ik heb iets bizars meegemaakt! Als ik uitgepraat ben, moet ik wat zoeken.' Hij wees in de richting waaruit ze kwamen. 'Je mag me daarna laten onderzoeken en opnemen als jullie willen, maar er is niks mis met me.' Tijdens het wijzen zag hij Kris naast zich in de berm, haar ogen stonden glazig en het leek alsof ze er niet helemaal bij was.
'Gaat het wel goed met Kris?' vroeg Robin aan de anderen.
Sander zuchtte luid: 'Ze is helemaal in de war. Ze denkt dat ze Christina heet en dat het oorlog is.' Hij zette zijn handen in zijn zij.
Robin keek nog één keer naar Kris, maar schudde resoluut zijn hoofd. 'Ik moet dit nu vertellen,' zei hij. 'Laat me dit alsjeblieft vertellen voordat ik alles vergeet! Ik stond midden in de natuur, op een klein heuveltje, in een kille wind en ik kon de wijde omgeving zien. Het was heel gek, ik merkte bijna meteen dat ik niet in de eenentwintigste eeuw was. Het was zó bizar stil om me heen. Veel rustiger dan het hier nu is en de natuur was zo anders. Overal om me heen zag ik groene wouden, uitgestrekte bossen te midden van grote stukken moerasgrond met lager struikgewas. Toen ik gericht rondkeek, wist ik het zeker. Er was praktisch geen bebouwing te zien en bij de drie boerderijtjes, die een stukje bij me

vandaan in een groepje stonden, kringelde rook uit elke schoorsteen, overdag dus. Niet voor de sier, geen haardvuur voor de gezelligheid, maar voor warmte of om te koken of weet ik wat. De huisjes waren eenvoudig gebouwd, heel anders dan de grote boerderijen die ik vandaag heb gezien in deze omgeving. Met de wind kwam een rottingsgeur mee, ik dacht vanwege de veengronden overal om me heen. Het rook bedompt en nattig, hoewel de heide prachtig bloeide. En weet je, toen ik de natuurlijke kom inliep, waar nauwelijks wind kon komen, overviel de luwte me als een warme deken. Ineens voelde ik me anders. Ik was Robin niet meer. Toen ik naar beneden keek, zag ik vaalbruine geweven kleren. De broek leek op een wollen legging. Aan mijn riem hing een zwaard. Daarboven droeg ik een wambuis, zo'n soort vierkanten doek, aan de zijkanten dichtgestikt met ruwe draad. Veel meer dan een grote kussensloop met de benodigde gaten voor mijn ledematen was het niet. Daaroverheen droeg ik een leren gilet met metalen elementen en om mijn schouder zat een wolvenhuid, dichtgeknoopt met een broche. Een helm knelde rond mijn hoofd en door de hitte onder het metaal plakten mijn lange krullen nat tegen mijn hoofd. Ik werd Cicero en ik zweer je dat ik vergat wie ik zelf was. Ik kende Cicero's volledige geschiedenis en keek door zijn ogen. Maar ik zal jullie vertellen wat ik beleefde!

De zon verwarmde mijn huid zo aangenaam dat ik stopte en diep inademde. Met een rondje om mijn as zoog ik de sfeer in de kom op. De paarse heide gaf kleur, de hoge jeneverbesstruiken met hun puntige toppen gaven beschutting. Vogeltjes floten hun paringsliedjes in twinkelend heldere klanken. De luwe kom was een waar paradijs. Het voelde bijna als thuis. Het thuis waar Cicero al zo lang geleden vandaan marcheerde. Ik knielde en liet mijn vingertoppen door de stugge heidebloempjes gaan, terwijl ik me inbeeldde dat het de paarse lavendel was die ik zo miste. De zoete geur kon ik oproepen alsof ik werkelijk in Umbria was. In werkelijkheid rook het naar schapenkeutels en in geurslierten dreef de nattigheid van het veen met de wind mee, maar dat drukte ik weg. De voorjaarszon was op deze plek even sterk als het milde winterzonnetje van thuis.

Plotseling overmand door heimwee liet ik me op mijn billen tussen de heide zakken. Mijn lange zwaard kantelde in de schede aan mijn riem. Ik pakte de helm van mijn hoofd en gaf hem een zetje. Ineens wars van het overblijfsel uit een ander bestaan. Ik wilde fysieke afstand! Met veel gekletter rolde het ding van het heuveltje af. Bijna direct hoorde ik aan de andere kant van de kom geblaat en rennende hoefjes, die van de heuvel af trippelden.

Nieuwsgierig ging ik de helm achterna om te kijken. Je moet niet denken dat ik – Robin – invloed had op de gebeurtenissen. Ik had geen notie meer van de eenentwintigste eeuw.

Achter de kudde lag iemand in de struiken op zijn rug. Eén been gebogen, de ander eroverheen met de linkervoet op de rechterknie. Een stugge grasstengel tussen zijn tanden, waar hij zichtbaar op knaagde. De spriet ging heen en weer in het ritme van de malende kaken. Hij leek niet onder de indruk van de schapen die op hol waren geslagen door mijn helm. Waarschijnlijk had hij het geluid zelf niet opgemerkt. Het leek nog een knul. Geen kind meer, maar ook niet werkelijk volwassen.

Was ik ondertussen ver genoeg achter de gelederen doorgedrongen? Ik streek met een hand door mijn woeste haardos en over mijn volle baard. Nu alles weelderig groeide, leek ik steeds minder op een militair. Enkele dagen geleden pakte ik kleding van waslijnen. Sokken bij de ene boerderij, een wollen broek bij een andere. Toen mijn nieuwe outfit compleet was, begroef ik het versleten uniform onder een struik. Alleen het zwaard en de helm hield ik. Het ene ter bescherming, het andere tegen de kou.

Ja, de tijd was rijp. Niets in de omgeving duidde erop dat hier veel Romeinse activiteit was en in de sporadische kampementen zou niemand me herkennen. Ik besloot het erop te wagen en liep langzaam op de knaap af.

Pas toen mijn schaduw over zijn gezicht viel, schoot hij overeind. Zijn ogen gealarmeerd wijd open. Hij hief zijn handen en brabbelde iets in een taal die ik niet verstond. Het klonk veel rauwer en schreeuweriger dan het Romeins waaraan ik gewend was. Toch herkende ik de klanken als Frankisch, Saksisch of Fries[1], deze mengvormen van hetzelfde geknauw leken in mijn oren te veel op elkaar. Op mijn veldtochten te voet was ik veel volk uit deze regio's tegengekomen.

Ik hief mijn handen ook: 'Gut Mensch,' zei ik zo duidelijk mogelijk articulerend, struikelend over de ruwe klanken. 'Hunger.' Ter illustratie wreef ik over mijn maag. Het was te uitgebreid om te vertellen dat ik mijn bataljon bij het Rijngebied al weken geleden had verlaten en dat ik in deze ruige streken te weinig eten kon vinden. In de wouden die ik passeerde, wemelde het van de elanden, oerossen, wolven en beren, maar ik was geen fantastische jager. Het was me sporadisch gelukt om een konijn te vangen in een strik en ik stal mondjesmaat van boerderijen die ik passeerde. Het

---

[1] Rond 400 na Christus behoorde Nederland tot ongeveer het Rijngebied tot het Romeinse rijk (het deel dat Germania Inferior werd genoemd). Alles boven die rivier werd Frisios genoemd, de inwoners werden destijds Frisii genoemd al is dat meer een politieke indeling dan een etnische. Welke taal er in die tijd werd gesproken is niet bekend

rantsoen was buitengewoon karig, zonder de bevoorrading van het leger dat ik achter me had gelaten. Het werd me steeds duidelijker dat ik op deze manier niet zou overleven.

Ik liet mijn ogen over de schaapherder gaan. Hij leek ongewapend en wat zou ik van zo'n type te duchten hebben? Met één hand geheven liet ik de andere langzaam zakken tot ik bij de riem kwam, waarmee het zwaard om mijn middel gegespt zat. Toen ik mijn wapen half bukkend op de grond liet glijden, schoten de schapen weer van hun plek. Zeker een twintigtal ogen keek me van een paar meter verderop nadrukkelijk geërgerd aan, alsof hun rust nooit eerder zo ruw werd verstoord. De herder leek echter gerustgesteld. Hij knikte me toe en draaide zich om naar de leren buidel in de schaduw, vlak naast de plek waar hij zo-even op zijn rug lag. Hij viste er twee ruwe plakken brood uit en bood me er één aan. Ik stortte me er gretig op. Hoewel het oudbakken was en best taai beet ik grote happen uit de plak. Te grote happen. De droge kost bleef in mijn keel kleven en het gevoel dat ik stikte, beklemde me ineens. Hoestend probeerde ik het stuk van zijn plek te krijgen, terwijl ik met mijn rechterhand op mijn borst klopte.

De herder lachte, bukte opnieuw en trok een half ingegraven kruik tevoorschijn. Hij bood me die met een hoofdknik aan. Tegen mijn verwachting bleek er verrassend koude melk in te zitten. Met kleine slokjes kwam de broodklont los uit mijn slokdarm. Ik liet me tevreden neerzakken, tegenover de herder die, na zijn greep naar de melk, kalmpjes was blijven zitten. Hij keek me met een geamuseerde glimlach aan en stak zijn duim op met één wenkbrauw vragend geheven. Met hetzelfde gebaar knikte ik. Na het brood volgde er een gedroogde worst, die de herder doormidden brak. We knabbelden allebei een helft op. Eindelijk voldaan liet ik me op mijn rug zakken. Mijn voettocht naar niemandsland verschoof steeds verder naar de achtergrond.

Ondanks dat hij moest begrijpen dat ik de helft niet verstond, begon de herder tegen me te kwetteren. Mijn Frankisch was goed genoeg om de strekking mee te krijgen. Hij was wees en woonde alleen. Met gebaren verduidelijkte hij zich als ik te vragend keek. Toch ging er ook veel verloren in het gat van onze taalbarrière.

'Ippe, Ippe,' bleef de knul herhalen. Af en toe klopte hij erbij op zijn borst.

'Name?' vroeg ik. Ippe knikte met glimmende ogen, overduidelijk trots dat onze conversatie nu werkelijk opgestart was. Zijn onbekommerdheid was aanstekelijk en het zonnetje verwarmde mij aangenaam. Het voelde alsof ik daar dagen kon blijven sluimeren.

De zon zakte al richting de horizon en ik moest nog een plek voor de nacht vinden. Als ik lang genoeg bleef hangen, vroeg hij misschien of ik met hem mee kwam. Het was het proberen waard. Ronduit vragen of ik bij hem kon overnachten voelde te vrij. Of ik ertussen kon komen was ook maar de vraag. Het leek haast alsof de jongen nooit iemand had om mee te praten.'

Hier onderbrak Robin zijn verhaal een moment. De anderen waren inmiddels om hem heen gaan zitten. Claartje en Kris zaten in het gras. Ze hadden de thermoskan gepakt en Claartje maakte een handgebaar dat Robin verder moest vertellen. Sander zat ferm rechtop, duidelijk niet op zijn gemak. Hij had zijn jasje binnenstebuiten gekeerd en zat op de omgeslagen voering, om zijn pak niet vies te maken.

'Ik zag Ippe wel zitten,' lachte Robin. 'Een mooie, jonge en beetje ruige knul.' Een blosje trok over zijn wangen. 'Of dat mijn gedachten waren of die van Cicero, weet ik niet. Hoe langer ik in zijn lichaam verbleef, hoe minder duidelijk die scheidslijn werd. Ik vertel het jullie nu zoals ik het beleefde, want op dat moment waren mijn gedachten in het Latijn. Dat kan ik alleen nu niet meer spreken en bovendien: jullie begrijpen dat ook niet.'

Robin pakte het verhaal weer op: 'Toen de zon de horizon raakte, stond Ippe op. Gebarend vroeg hij of ik meekwam. Hij sprak langzaam, duidelijk en met armgebaren, zodat ik begreep wat hij zei. Bij Jupiter, wat zou het fijn zijn om weer eens in een warm huis te vertoeven. Om in een heus bed te slapen en om me volledig aan de slaap te kunnen overgeven, zonder dat ik met één oor alert moest blijven op de aanval van een wild dier of een vijandelijk mens. Vuur verdreef de ene soort, maar trok de andere aan. Ik dacht terug aan de rokende schoorstenen die ik had gezien. Een van die boerderijen kon aan Ippe toebehoren.
Aan het lachje van de knaap zag ik dat hij me doorhad. Hoelang wist hij al dat ik op een slaapplek aasde? Hij zocht zijn spullen bij elkaar, hees de buidel met een leren riem over zijn schouder en wenkte me om hem te volgen. Met wat fluitjes trok hij de aandacht van de schapen. Tegen de dieren kletste hij net zoveel als tegen mij. Ze wandelden in een breed uitwaaierende groep gedwee achter hem aan. Hij sjouwde met ferme tred de andere kant op van waar ik vandaan kwam. Het tempo liet me bijna marcheren. Ik moest flink mijn best doen om de militaire looppas, die me zo eigen was, te onderdrukken. Ippe had al te goed in de gaten hoe mijn geschiedenis in elkaar stak. De optelsom van het zwaard, mijn gebrekkige beheersing van de taal en mijn gebronsde huid was vermoedelijk voldoende om elke idioot te laten beseffen dat ik een deserteur moest zijn.
Ippe woonde in een grote boerenschuur. De schapen gingen door de openstaande deuren het lemen gebouw in en Ippe

wenkte mij toen hij de houten deuren wilde sluiten. Ik schudde al mijn twijfel van me af en volgde hem het donker in. Achter me schoof hij een grendel, gemaakt van een grove dikke tak, in de haken. Aan de binnenzijde waren alle muren van hout. Het leem buiten diende kennelijk alleen om de kieren effectief af te dichten.

Over de dikke laag aangestampte stro liep ik naar rechts, waar de bewoonde zijde van de grote ruimte zich bevond. Een simpel hekje van drie voet hoog voorkwam dat de schapen naar dat deel van de woning overliepen. Door hun lichamen werd het direct warmer binnen, ook al brandde er geen vuur. Ik gaf mijn ogen kort de tijd om aan het duister te wennen.

De woning bood niet meer comfort dan een militaire tent. Aan een van de wanden stond een grote open kast met huisraad. Op de hoogste plank zag ik brood en kaas liggen. Aan de dakspanten hingen hompen vlees en worsten te drogen. Tegen de andere muur waren twee nissen waarin ik slaapplekken vermoedde. Ertussenin was ruimte voor twee houten bankjes om op te zitten naast de schouw. Ik vroeg in mijn beste Frankisch of ik vuur zou maken.

'Vuur,' verbeterde Ippe mijn uitspraak.

De knisperende vlammen verspreidden al snel hun eigen geur, waardoor de lucht van de schapenkeutels in het stro verdreven werd. De afvoer was niet zoals ik gewend was en al snel dreef er een laagje rook door de schuur. Aan de schapen te zien was dit gewoon; ze reageerden er niet op. Een berg wol aan de andere zijde van de schuurwoning verraadde de bron van inkomsten van mijn gastheer. Het was geen rijk of glorieus leven, maar Ippe leek er geheel tevreden mee. Hij ging zitten als de heer en meester die hij over deze stulp was. Breeduit, met zijn ellebogen op zijn knieën, leunde hij naar me toe. 'Vertel eens waar je vandaan komt.'

Ik schudde afwijzend mijn hoofd, maakte mijn wapenriem

los en zocht naar een veilig plekje.

'Leg maar in de linker bedstee. Daar komt nooit iemand. Jij mag die slaapplek hebben. Voor zo lang als je wilt.'

'Danke,' zei ik zo eerbiedig mogelijk. Het warmde mijn hart dat deze vreemdeling bereid was zijn woning met mij te delen, zonder dat hij me werkelijk kende. 'Du leren, mij taal?'

'Ja, ik leer jou de taal,' knikte Ippe geïnteresseerd. 'Als jij me over jezelf vertelt.'

Dat deed ik, stukje bij beetje. Ippe voelde als een persoon die ik kon vertrouwen. Het minste dat ik als tegenprestatie kon bieden tegen kost en inwoning, was dat ik over mezelf vertelde. Al bleef ik aan de oppervlakte en ging ik niet in op het waarom van mijn vertrek uit het leger.

• • •

In de weken die volgden, perfectioneerden we mijn begrip van de taal, een vreemde samensmelting van Frankisch, Gallisch en Germaans, dat Ippe Saksisch noemde. Hij vertelde me ook over de Saksische gemeenschap.

Van de morgenstond tot de avondschemering gingen we samen de heide op met de schapen. Bij de sporadische rondjes door de gemeenschap nam Ippe mij steeds vaker mee, waardoor mijn taalbeheersing verder toenam. Ik probeerde alles dat Ippe voor me deed te vergoeden, door zoveel mogelijk klusjes van hem over te nemen. Zo sloeg ik, na een paar weken, de heide een paar dagen over, om een deugdelijke schoorsteen te maken. Ippe was uitzinnig van blijdschap toen hij thuiskwam en een vuur zónder rookgordijn in zijn huis aantrof. Het ontbrak me aan middelen om stromend water via een mini aquaduct aan te leggen vanaf het meertje vlakbij. Ik deed een poging met houten schotten. In de regenachtige periodes zou dat voldoende water bij de boerderij opleveren om niet telkens met zware emmers op onze nek naar het meertje te hoeven sjouwen. Aan hout was geen gebrek. Ik velde een boom en bouwde een afgeschermde latrine. Alles beter dan de veredelde kuil aan de achterzijde van de schuur, die Ippe tot dat moment gebruikte. Veel meer Romeinse inbreng durfde ik niet tentoon te spreiden. Deze verbeteringen zouden al genoeg opvallen bij de buurtschap waartoe Ippe zich mocht rekenen.

Er kwamen niet veel mensen bij zijn schuurwoning aanwippen. Behalve wanneer er volk verscheen om wol te kopen. Niet met munten, zoals ik gewend was, maar in ruil voor voedingsmiddelen waarin de schapen Ippe niet konden voorzien. Kaas van koeienmelk, hard en geel. Boter, brood, lange worsten van varkensvlees.

We bereidden om en om de maaltijden, en hoewel ik het gebruik van alle kruiden die ik gewend was moest ontberen, kreeg ik het voor elkaar om smakelijke warme dissen klaar te maken waar Ippe van smulde. Het vet droop hem om zijn mond als hij me met een grote grijns toelachte.

•••

Op een avond later in het jaar, waar de dagen zo lang werden dat Ippe al voor de schemering met de schapen terugkwam en het voor de verandering eens warm genoeg bleef om buiten te vertoeven, kwam er een groep van zes ruiters aangalopperen. Ze kwamen rechtstreeks op Ippes boerderij af. Ik voelde me al maandenlang veilig in deze gemeenschap. Toch steeg mijn hartslag, bij het zien van de wapenrusting van mannen, met zeker dertig slagen per minuut.

Hadden ze me gevonden? Zouden ze geraden hebben wie ik was? Had ik me te afwijkend gedragen? Zou een van de dorpelingen mijn accent opgemerkt hebben? Misschien waren er Romeinen in deze buurt komen rondvragen naar verdachte personen? Niemand zou specifiek mij missen. Ik was slechts een simpele soldaat geweest. Alleen het grote aantal deserteurs hield de gemoederen bezig. Het was niet meer gebruikelijk om betaald te worden als legionair, zoals in de gloriedagen van weleer, waar de officiers graag grote verhalen over ophingen. Dienstplichtigen werden harder dan ooit geronseld en door alle onrust liepen deze arme sloebers liever weg dan dat ze zich de kop lieten afhakken door woeste Germanen in deze grensregio van het Germania Inferior. Ik had eerder gezien hoe dergelijk volk letterlijk aan hun haren of kleding naar de kampementen werd teruggesleept. Achter paarden aan, tot hun benen hen niet meer hielden en ze bonkend als een baal hooi werden meegesleurd. Ook als ze het lopend tot het kamp wisten te halen kregen ze een afranseling, die moest voorkomen dat ze zoiets ooit nog in hun hoofd haalden. Dergelijke bestraffingen moesten verplicht bijgewoond worden door iedereen. Het diende als ontmoedigend voorbeeld; de soldaten die het overleefden, waren niet altijd meer van nut. Er gleed een rilling over mijn rug bij de gedachte dat mij zo'n aframmeling te wachten stond.

Deze ruiters waren geen Romeinen, maar mijn nekharen sprongen desondanks overeind toen ze de paarden slechts een paar meter voor ons als één man lieten stoppen.

'Ippe, wie is je gast?' vroeg de voorste man.

'Sikko is mijn neef uit de zuidelijke regio's, heer Bernhard,' verklaarde Ippe met een diepe buiging en neergeslagen ogen.

'Sikko!' bulderde heer Bernhard met zijn ogen priemend op mij gericht. 'Het is mij ter ore gekomen dat jij een vermaarde timmerman bent.' Heer Bernhard bestreek met één armgebaar de woning van Ippe. 'We zouden graag zien dat jij je morgenvroeg bij ons huis vervoegd. Er zijn een aantal klussen waar we jouw vakmanschap bij kunnen gebruiken.' Het klonk in geen geval als een verzoek dat ik kon weigeren, dus ik knikte.

'Ippe, jij weet onze woning te vinden. Breng je neef bij ons, als je de schapen naar de heide hebt gebracht.'

'Ja, heer Bernhard.'

'Mijn vrouwe heeft de leiding. Ik ben een aantal dagen gedwongen tot andere verplichtingen.' Heer Bernhard gebaarde heel licht met zijn kin in de richting waarop de paarden waren gegaloppeerd voor de abrupte stop. Op dat teken zetten de zes ruiters hun hielen in de flanken van hun paard en ze vertrokken opnieuw in galop. Ippe en ik bleven in een stofwolk achter.

Enigszins wankel stapte ik een paar passen achteruit tot ik de wand van de schuurwoning vond om me aan overeind te houden. Mijn benen slap, alsof ik dagen op zee was geweest en nu weer vaste grond onder de voeten kreeg. Ze leken nauwelijks in staat om mijn gewicht te dragen. Ippe omhelsde me, om me in evenwicht te houden.

'Wat is er?'

Ik kon geen woord over mijn lippen krijgen. Het had gevoeld alsof mijn laatste uur was geslagen. Nu wachtte mij iets heel anders. 'W-wat verwachten?' stamelde ik. Ineens wilden er amper woorden in de goede taal tot mij komen. Laat Mars, Minerva en Pluto met elkaar in het reine komen, smeekte ik een handvol goden.

Ippe keek me van heel dichtbij nauwgezet aan. Nog nooit eerder waren we zo dicht bij elkaar geweest. Ik gloeide ervan. Mijn ademhaling versnelde.

Nee. Dit kon niet, dit mocht niet! Al mijn kracht kwam terug en ik worstelde om los te komen uit die sterke omarming. Ippes greep verstrakte. Wat had hij in mijn ogen gelezen? Oh Venus, wat doe je toch met me? Verleid mij niet, leid mij niet in deze dwaling. Hier heb ik al eerder voor geboet. Die heidense Christenen hebben me dit ontzegd. Zij lieten mij alles wat goed is afzweren. Ik had Ippe de afgelopen tijd op geen enkele nieuwe gewoonte kunnen betrappen. Toen het onweerde, riep hij Wodan aan. Hij noemt de oude goden anders dan ik, maar we vereren dezelfde principes. Ook deze? Is dit hier toegestaan? Hoe zal de gemeenschap hierover denken? De heidenen rukken steeds verder op, verdrukken alle goden die we kennen. Laat me vertrekken nu hij deze verlangens in mij gezien heeft! Laat mij nogmaals ongeschonden ontkomen. Ik zal het nooit meer toelaten. Oh Venus, dat beloof ik u. Slechts nog tot vrouwen zal ik mij richten. Ik beloof het aan u en aan Jupiter. Leid mij de weg!

Ippe drukte zich tegen mij aan en bleef me intens aankijken. Zijn ogen dwongen mij tot kalmte, meer zelfs dan zijn gefluisterde: 'Rustig Sikko, rustig Cicero. Kalm klein erwtje van me.' Het was die toespeling die mijn verzet brak. Het liet me ontspannen, lachen zelfs. Cicero betekende erwtvormig wratje. Dat had ik hem verteld die eerste dag. Ippe had het niet alleen onthouden, maar gebruikte het nu ook als koosnaampje.

'Eindelijk,' fluisterde hij. Het was me onduidelijk of het erover ging dat ik mijn worsteling staakte of dat hij iets anders bedoelde. Ippe pakte mijn hand en trok me een tikje dwingend mee naar zijn boerderij. Hoewel het licht en warm genoeg was, nam hij in het voorbijgaan een van de deuren met zich mee en knikte mij toe om de andere ook te sluiten. Geen seconde nadat de grote balk als vergrendeling in de haken viel, pakte hij mijn beide kaakhoeken beet en trok me naar zich toe. Zijn lippen grepen de mijne met een ongekende vurigheid. Mijn hart, nauwelijks bekomen van alle schrik en verrassing, bleek nóg sneller te kunnen kloppen.

Mijn handen dansten over zijn torso en daalden heel langzaam af naar die verboden plek. De hardheid toonde me dat ik me niet vergiste. Hij wilde dit nog liever dan ik.
'Jij weet hoe dit moet, of niet?' vroeg Ippe hijgend. Ik knikte en voor ik het besefte, duwde hij me achteruit het stro in.

•••

De volgende dag liep ik met rode konen van opwinding naast hem in de richting van het grote huis. Het was moeilijk om Ippe niet aan te raken, om te blijven doen alsof we neven waren, om niet telkens terloops naar hem te loeren vanuit mijn ooghoeken. Door een beetje opzij te zwenken, lukte het me om met mijn schouder die van Ippe vluchtig aan te raken. Ik liet het zo lang mogelijk duren en probeerde de warmte van zijn huid te voelen. Meer dan dat durfde ik niet, al was er niemand in de weide omtrek te bekennen.
Bij de poort werden Ippe en ik direct gescheiden. Een grote, breedgeschouderde man in een bronzen kuras vroeg wat we kwamen doen en Ippe legde uit dat ik ontboden was voor klusjes. Daarop klapte de man met zijn speerpunt tegen zijn borst zodat het rammelde en hij gebood me te volgen. 'Ga terug naar je schapen, Ippe,' snauwde hij erachteraan, alsof Ippe inferieur was. Ippe liet direct zijn hoofd en schouders hangen. Gelukkig ving hij vanonder zijn wenkbrauwen wél mijn smachtende blik op.
'Haal je me aan het eind van de dag weer op?' De woorden verlieten mijn mond te hoog, bijna hysterisch. Door al mijn gedachten aan de voorgaande avond had ik niet op de route gelet. Wat als ik hem nooit meer zou zien? Wat als ze me hier wilden houden? Zouden ze me als timmerman of slaaf aanhouden, in dit grote huis? Beschikbaar bij elke kleinood?
Wat als dit een smoes was geweest om me hierheen te

lokken? Stonden er binnen legionairs op mij te wachten? Zou ik bungelend achter een paard naar het dichtstbijzijnde kampement worden gesleurd? Mijn gedachten versmolten tot een onontwarbare knoop, die in mijn hoofd en borst leek uit te zetten tot er nergens meer ruimte voor was. Mijn hart en longen kwamen in de verdrukking en ik moest grote moeite doen om op de been te blijven naast de lijvige man die met lange, stampende stappen over de ommuurde binnenplaats banjerde.

Een grote houten deur gaf toegang tot de binnenvertrekken. 'Vrouwe Sweelodia, ik breng u de timmerman!' bulderde mijn cipier. Hij keerde zich op zijn hakken om en liet mij achter in een open ruimte die me aan een atrium van thuis liet denken.

Direct schoten mijn ogen de ruimte door. Ik bekeek prachtige wandkleden in vele kleuren, een houten sculptuur en veel meer siervoorwerpen van aardewerk, natuursteen en glas. Het maakte me rustig en nerveus tegelijk. Hier werd duidelijk handel gedreven met allerlei culturen, hier was duidelijk een machtige en rijke persoon woonachtig. Wat moesten deze mensen van mij?

Schrijdend verscheen de vrouwe. Haar weelderige vormen vielen me het eerst op. Daarna haar bos haar van vuur. Een kleur die ik zelden had gezien, een mengeling van rood en oranje, stralend in het licht van de zon, versierd met vele kralen, stenen en linten. Haar gewaad was van het fijnst geweven linnen dat ik in tijden had aanschouwd en paste perfect bij haar bleke huid. Om haar middel prijkte een gordel van glazen kralen en haar bevallige torso was versierd met twee snoeren. Eén met vele barnstenen rijgbolletjes en één met prachtige glazen kralen. Ik had nooit zoiets exotisch en moois aanschouwt. Het was alsof ik in Rome bij de keizerin was ontboden! Bij haar schouders waren de kettingen met grote, vergulde plakkaten vastgespeld. Om haar nek hing een bevertand aan een zilveren oogje en om haar pols droeg ze een bronzen armband. De schone aanblik op deze rijke dame liet mij terstond op één knie neervallen. Ik boog mijn hoofd en durfde na die eerste nauwgezette blik nauwelijks meer naar haar te kijken.

'Sta op, timmerman,' zei ze in vloeiend Latijn. Het maakte mijn knieën te week om aan het verzoek te voldoen. Ik kon alleen mijn hoofd naar haar heffen. Haar gezicht was, net als haar stem, vriendelijk. Er speelde een klein lachje om haar lippen. 'Er is mij verteld dat er bouwsels met een Romeinse invloed in mijn dorp zijn verschenen. Zojuist bevestigde je dat mijn vermoedens juist zijn. Je bent van Romeinse komaf. Ik zou graag dergelijke verbeteringen aan onze verblijven laten toevoegen. Wie je bent en waar je vandaan komt, interesseert mij niet. Hier ben je vrij om te zijn wie je wil. Heer Bernhard en ik zijn aan geen vorst of keizerrijk gebonden. We drijven handel en genieten van alle goede dingen des levens om ons eigen leven te verrijken. Kunt u daarbij helpen, carpentarius?'

Uiterst beverig kwam ik overeind en ik deed mijn best om overtuigend te knikken. Ze zwenkte één arm opzij, de handpalm geheven, in een elegant gebaar naar haar rechterzijde. 'Daar vindt u een paar werklui die u zullen helpen en die vertellen wat er precies moet gebeuren. Rond de middag voeg ik mij bij u om te inspecteren hoe het vordert. U zult rijkelijk voor uw diensten betaald worden. Als het klaar is, kunt u gaan waar u wilt.'

Ik toog in de richting die ze had gewezen en boog me, na een kort voorstellen over en weer, tussen vier werkers over een grote rol papier waarop schetsen van meubels en schoorstenen getekend waren. Een stenen waterleidingsysteem moest een klein badhuis gaan voorzien van warm water. 'Dit is een enorme klus,' mompelde ik. Door alle emoties verviel ik in het Latijn. Direct schoten mijn ogen van links naar rechts. Geen van de mannen om me heen reageerde erop.

Van een paar van de gewenste verbeteringen had ik verstand. Met een aantal zou ik me kunnen redden en een paar andere gingen mijn ervaring te boven. Die klussen zou ik als laatste uitvoeren, zodat ik grondig kon nadenken hoe ik het zou aanpakken.

Het overleg met de werklui verliep in een mengeling van Saksisch, Fries en Latijn. Ze bleken overal vandaan te komen. In de ogen van een van hen flitste iets wat me bekend voorkwam. Ook een voormalig soldaat.

'Hoelang ben jij al hier?' vroeg ik in mijn moedertaal.

'Drie jaar,' fluisterde hij. We wisselden een lange blik uit.

'Bij Jupiter,' mompelde ik. Veilig dus, zo besloot ik. Er viel een enorme last van me af.

We overlegden enige tijd over de werkzaamheden, ik bekeek de bouwmaterialen die in een van de bijgebouwen lagen opgeslagen en daarna togen we aan het werk. De ploeg was onder leiding van mijn landgenoot al een paar weken bezig, al waren ze niet heel ver gekomen.

'Ik was boer, tot het leger me opeiste voor mijn dienstplicht,' vertelde Titus met neergeslagen ogen. 'Daardoor kan ik van alles, ik beheers alleen de fijne kneepjes en technieken niet.'

Knikkend nam ik in me op wat zijn plannen waren en waar het mis leek te gaan.

'Mijn vader was bouwmeester,' bekende ik. 'Hij heeft me veel kunnen leren, voor ik weg moest.' Dat mijn theoretische kennis verder reikte dan mijn praktische liet ik voor het gemak achterwege. Mijn vader had me aan het werk gezet in zijn bouwbedrijf, zodat ik van onderaf zou leren wat alles inhield. Door alle onrust in het Germania Inferior was ik weggeroepen vóór ik mijn opleiding had kunnen afronden.

De werkdag duurde lang, ik schuurde mijn handen open aan ruwe stenen en sloeg op mijn duim met een te grote hamer. Mijn rug begaf het bijna onder de stenen waarmee we zeulden. Tegen de tijd dat de zon laag naar het westen zakte, voelde ik al mijn spieren protesteren.
Bezweet en met stof in mijn haar begaf ik me naar de poort. Hoewel niemand had gehint in een richting dat we niet weg mochten gaan, was alles in mij erop voorbereid dat ik staande zou worden gehouden bij het verlaten van de woning. De mannen waarmee ik werkte, bleven allemaal in een kamp achter de woning overnachten. Ik was de enige die vertrok. Ik hield mijn rug recht en liep zo zelfverzekerd als ik kon naar buiten. De wachter keek niet op of om.
'Tot morgen,' zei ik zacht tegen hem. Een demonstratie van mijn goede wil. Er kwam geen reactie. Zelfs geen hoofdknik.
Ippe wachtte me onder de eerste boom op. Hij zat in de schaduw met zijn rug tegen de stam en sprong op toen ik vlak bij hem de klinkerweg verliet.
Het voelde alsof ik opnieuw van huis wegging. Ik liet de beschaving achter me. Elementen van rijkdom, elementen van thuis. Toch wist ik dat ik bij hem wilde zijn, in zijn nederige boerderij vol schapenmest, nog voor hij mijn beide handen pakte. Het gevoel flitste als een bliksemschicht door me heen, van mijn tenen, naar mijn warme kruis, tot aan mijn haarwortels. Het was alsof ik in brand vloog. Even vurig als de haren van mijn nieuwe werkgeefster.
Ik wurmde het muntstuk uit mijn zak en drukte het in Ippes hand. 'Nu kan ik je eindelijk betalen voor alles wat je voor mij hebt gedaan. Bedankt voor je hartelijke onderdak.'
Ippe bleef als bevroren staan. 'Ga je nu weg? Blijf je hier?'
'Nee, natuurlijk niet!' Ik lachte hartelijk en deed een uitval

om zijn warrige haardos nog verder te verstoren. Hij bukte bijna giechelend als een meisje om mijn plagerij te ontwijken. In de lange blik die we wisselden, lag een diepere boodschap. Mijn benen bewogen al in de richting van Ippes huis. Aan de stand van de zon kon ik zien waar we ongeveer naartoe moesten. De precieze richting door het woud, om de moerasgronden, zou Ippe moeten leiden. Ik draaide mijn hoofd en wenkte met één vinger. Hij sprong op als een jonge hond en draafde achter me aan tot hij naast me liep.

•••

Er gingen enkele weken voorbij, waarin Ippe bij de morgenstond met zijn schapen naar de heide ging en ik de wandeling naar het grote huis aanvaardde. Elke avond, wanneer ik met slepende benen terugstrompelde, wachtte Ippe me ergens tijdens de route op. Het woud voelde minder angstaanjagend, nu ik het beter kende. We kwamen nooit een levende ziel tegen, dus gaandeweg werden we vrijer. Raakten we elkaar meer aan. Maakten we onderweg weleens een stop als we gevoelsmatig niet meer op elkaar konden wachten. Telkens als ik hem zag begonnen mijn wangen te gloeien, alsof ik een jongetje was die voor het eerst met de liefde kennismaakte.

'Je raakt steeds mooier gespierd,' fluisterde Ippe terwijl zijn hand begerig over mijn borst gleed. 'Oh, Cicero! Mijn ogen puilen net zo ver uit als mijn hart, telkens als ik je zie! Blijf je voor altijd bij me?'

Het was me in het verleden duur komen te staan om beloftes te maken. 'Altijd is erg lang,' zei ik met geloken ogen. 'Als het aan mij ligt, ga ik voorlopig niet weg.' Ik probeerde de vertwijfeling in mijn woorden te verdoezelen met een gepassioneerde kus.

41

Ineens hoorde ik vrij dichtbij paardenhoeven in galop op ons afkomen. De ruiters waren te ver weg om ons al op te merken. We stonden in de schaduwen en trokken ons haastig verder terug in de duisternis. Het groepje van vijf denderde langs, zonder ons op te merken. Ik herkende de kletterende wapenrusting en heer Bernhard. Hij was aanmerkelijk langer weggebleven dan voorzien. Vrouwe Sweelodia vervoegde zich af en toe bij ons en had er iets over laten vallen. Ze scheen zich in mij te interesseren, oefende haar Latijn op mij en ze riep me de laatste dagen steeds vaker bij zich voor overleg. Eergisteren had ze zelfs haar spijzen met mij gedeeld rond het middaguur, terwijl ze me over alle werkzaamheden en plannen ondervroeg.

Even vroeg ik mij af waarom heer Bernhard met een man minder terugkwam van zijn reis. Toen pakte Ippe mijn wangen, drukte een kus op mijn lippen en liet me met een licht duwtje tegen mijn schouder weten dat hij plannen had op het zachte mos onder onze voeten.

•••

In de maand die ik augustus noemde, maar die hier een veel ongebruikelijker naam droeg, konden we het kleine badhuis opleveren. De vrouwe was extatisch en riep direct dat ze ons wilde bedanken met een diner. We kregen zelfs een dag vrijaf zodat we uitgerust konden aansluiten. Inmiddels was mijn buidel goed gevuld met munten. Ik kocht voor Ippe en mijzelf nieuwe kleding bij de weverij en we verschenen gekapt en geschoren bij het feestmaal.

Er stonden een paar groepjes mensen op de binnenplaats, al was nog lang niet iedereen aanwezig. Zo bleek toen ik de hoofden telde en daarna de stoelen aan de lange, met linnen gedekte tafel, die in een U-vorm op de binnenplaats stond te blikkeren met een glanzende voorraad zilverwerk en glas. Het zonnige weer en de grote hoeveelheid gasten hadden deze locatie tot de meest geschikte plek gemaakt. Ik telde zeker dertig zitplaatsen. Slechts een van de werkmannen kwam van oorsprong uit deze gemeenschap. Ippe en hij vonden elkaar bijna meteen en raakten, voor ik was uitgekeken, in een conversatie verwikkeld.

Door een van de huisbedienden werd de tafelschikking bekendgemaakt. De vrouwe wilde mij aan haar linkerzijde hebben, in het centrum van de U. Aan haar rechterzijde een lege stoel bij gebrek aan een echtgenoot. Ik zag haar ogen tijdens de eerste heildronk zeer frequent naar die lege stoel glijden.

'Vergeef mij dat ik zo vrij ben om dit te vragen, vrouwe, maar het komt mij voor dat uw echtgenoot vaak van huis moet. Zijn het zaken die heer Bernhard wegroepen van zijn woonstee?' Vrouwe Sweelodia zwaaide de scepter in zijn afwezigheid alsof ze nooit anders deed. Ik had het gedurende de werkmaanden met eigen ogen gezien. Natuurlijk werd ze geholpen door een handvol bedienden, die ze allen van kost en inwoning voorzag. Toch gaf ze me vanavond het gevoel dat ze ongerust was.

Ze keek mij niet aan terwijl ze sprak. 'Er houden zich telkens meer Germanen en Franken op in onze gebieden.' Haar toon was afgemeten en ik wist dat er verder met geen woord over deze dreiging gesproken zou worden. Voor mij verklaarde het veel en ik kon niet voorkomen dat mijn gedachten afdwaalden naar de veldslagen die ik had meegemaakt. Dus daarom gingen de mannen zwaar bewapend op stap. De strijders die gemist konden worden, trokken naar de grensgebieden. Daarom kwamen er minder mannen terug dan er vertrokken. Ik onderzocht de vrouwe met mijn blik op tekenen van bezorgdheid, om af te tasten hoe reëel deze dreiging was. Wat als ik telkens had gevreesd voor Romeinse soldaten, maar de dreiging uit een heel andere hoek kwam?

Onder de tafel verscheen haar hand plotseling op mijn knie. 'Ik waardeer je bezorgdheid. Wellicht kun jij me vanavond na het diner gezelschap houden?'

Ik verslikte me bijna in een slok wijn. De vloeistof spoot met kracht tegen mijn opbollende wangen. Het lukte me om een hoest te voorkomen door vlug de wijn door mijn keel te laten glijden. Tegelijk veerde ik stijf omhoog, met mijn rug tegen de leuning van mijn zetel. Toen ze haar hand met een glijdende beweging geleidelijk omhoog schoof, stokte mijn adem en gleed mijn blik naar Ippe aan een van de verre uiteinden, dicht bij de poorten van de binnenplaats.

'Wat ben je toch een discrete kerel, Sikko. Nog nooit heb ik je op wellustige blikken kunnen betrappen. Slechts mijn haar lijkt je te bekoren. Je bent de enige man die in mijn ogen kijkt, weet je dat? De rest staart in mijn boezem als we spreken. Het maakt dat ik telkens meer naar je verlang. Blijf vanavond.' Het laatste klonk niet als een vraag. Haar hand lag inmiddels gevaarlijk dicht bij mijn kruis. Ik was bang dat ze erin zou knijpen, uit lust of om me duidelijk te maken dat het haar menens was.

Bij Baccus en Apollo, gelukkig kwamen er op dat moment bedienden met grote schalen aangelopen. Haar hand verdween en ze sprak een van de mannen aan haar andere zijde aan, voor een beleefde conversatie. Ze was een ware gastvrouw en gunde haar aandacht aan eenieder die in haar ogen belangrijk genoeg was om die te verdienen.

Binnen een mum van tijd stond er meer voedsel op de tafels dan ik ooit bij elkaar had gezien. Ik vermoedde dat zelfs de hoge officieren niet geregeld zo'n feestmaal voorgezet kregen. Mijn ogen gleden van links naar rechts over de gedekte schragentafels. Op een zilveren schaal lag een hele fazant, goudbruin gebraden en omlijst door allerlei soorten bosbessen. Ernaast een houten plateau met zeker zes verschillende kazen in blokjes en hoopjes gegroepeerd. Eén ervan kon ik van drie meter afstand ruiken. Scherp en zurig als te lang gedragen sokken. De kleuren varieerden van okergeel tot groen met blauwe aders. De texturen leken het gehele palet van zacht smeerbaar tot snoeihard en brokkelig te dekken. Eveneens op een houten plank lag een klein zwijn van zeker vijf kilo in een omlijsting van fruit.

'Wat zijn dat voor kleine hapjes?' vroeg ik de man aan mijn linkerhand. Een rijke koopman, die met deze streek bekender was dan ik.

'Vinkjes, gestoofd en gevuld met salie. In wijn gedrenkte salie als ik me niet vergis.' Hij stak de schaal naar me uit en ik pakte er een hapje af.

Ik waakte ervoor me in de richting van de vrouwe te wenden. Mijn ogen bleven in de uren aan tafel strak op mijn bord en op alle manden en schalen rondom mij gericht. Het rook overweldigend. Verse broden en koeken stonden vlak voor me uitgestald, er waren kruidige hartige taarten, waar de vulling uitdroop nu ze aangesneden waren. Ik dacht eekhoorntjesbrood en andere paddestoelen te herkennen. De vermenging van kruiden deed me aan thuis denken, net als de zon die op dit late avonduur de warme wanden van de binnenplaats bescheen. Je zou verwachten dat zoiets me rustig stemde, maar dat deed het in geen enkel opzicht.

Ik probeerde mezelf wijs te maken dat de jachtige klop van mijn hart door de avances van de vrouwe kwam. Toch was dat slechts ten dele mijn probleem. Iets wekte de militair in mij, al kon ik niet verklaren wat het was. Langer dan voor een knippering sloot ik mijn ogen, niet zo lang dat het zou opvallen, maar lang genoeg om mijn zintuigen scherper af te stellen. Wat hoorde ik boven al het geroezemoes van beschaafd sprekende mensen met een slok te veel op? Welke geuren dreven er naar me toe, boven op al deze feestelijke gerechten? Waarom tintelde mijn huid, stonden de haartjes op mijn armen rechtop en prikkelde mijn nek alsof onzichtbare ogen mij bespiedden? Mijn hand gleed naar mijn zwaardloze riem. Een totaal automatisch gebaar, dat maakte dat ik overeind schoot. Kon ik alarm slaan zonder enige concrete aanwijzing? Ogen van de mensen om mij heen staarden me aan.

'Mijn excuses, ik moet de latrines bezoeken,' stamelde ik, alle etiquettes verbrekend. Men zou mijn gestrompel aan dronkenschap toewijzen en dat deerde me niets. Ik voelde me zo wankel dat ik een moment aan vergif dacht. Mijn maag protesteerde tegen het voedsel en kort vermoedde ik dat alle inhoud in een zure golf tevoorschijn zou komen, voor ik een afgezonderde plek kon bereiken. Op mijn weg richting de uitgang steunde ik her en der op rugleuningen van stoelen. Ook op die van Ippe, maar zijn schouder tikte ik aan. Als men toch dacht dat ik ladderzat was, zou men hier geen aandacht aan schenken.

Ippe sprong overeind. 'Cic-Sikko, wat is er met je? Je bent lijkbleek! Voel je je niet goed?'

Ik deed alsof ik mijn balans verloor en viel hem om de hals. Zijn armen gleden onder mijn oksels. 'We moeten hier weg, er is iets mis,' sprak ik zo zacht mogelijk. Woorden wilden moeilijk door mijn rauwe keel omhoogkomen, waardoor het moeilijk te doseren was. Het leek alsof mijn strottenhoofd door een kracht van buitenaf werd dichtgedrukt.

Op dat ogenblik vloog de eerste pijl de binnenplaats op. Het suizen leek niemand, behalve mij, op te vallen. Tot een van de gasten met een gedempte kreet overeind schoot en er een halve schacht met veren uit zijn borst stak. Hij keek er stomverbaasd naar, reikte met zijn rechterhand richting de dunne buis en viel toen met een klap voorover op zijn bord. Uit zijn rug stak de pijlpunt en een deel van de schacht. Het plompe lichaam liet de tafel kantelen. Het blad viel van de schragen en al het aardewerk, zilvergerei en de schalen werden gelanceerd.

Meerdere mensen gilden, velen sprongen overeind, anderen buitelden naar de grond, geveld door meer pijlen. We werden aan alle kanten voorbij gerend door schreeuwende mensen. Ik drukte Ippe zo hard ik kon op zijn schouders. 'Neer!' schreeuwde ik en liet me op de grond vallen.

Onder de tafel hadden we enige beschutting. Ik probeerde de mannen op de muren te ontdekken, maar zag alleen de hoge wanden vanuit deze dekking. De invallende schemering maakte het ook moeilijk om silhouetten te ontdekken. Het was bijna volledig stil. Enkel gekreun en suizende pijlen. 'Weg hier!' Ik wees in de richting die ik op wilde en kroop op mijn knieën onder de tafel vandaan. 'Blijf laag,' zei ik over mijn schouder tegen Ippe, terwijl ik naar de dichtstbijzijnde muur kroop in de beschutting van lichamen, stoelen en andere obstakels.

Het spervuur van pijlen leek stil te vallen en op dat moment klonken er stampende voeten en een strijdkreet.

'Bij Jupiter, hier komt de infanterie,' fluisterde ik. Vanuit mijn hakken schoot ik overeind, in de hoop dat Ippe me zou volgen. Al was het misschien beter dat hij in de beschutting bleef. Mijn schaapherder had nooit leren vechten. Met zijn vuisten had hij zich leren verdedigen tegen pestkoppen. Meer training had hij niet gehad. Ik greep een schaal en hield het als schild voor me. Twee stappen verder vond ik een lang mes, dat met schaal en al van de tafel was getorpedeerd door een pijlinslag. De eerste woeste krijger die op me afkwam, gaf ik een beuk onder zijn kaak met de schaal. Vervolgens haalde ik in één vloeiende beweging het mes onder zijn keel door.

Gorgelend deed hij één stap voor hij neerzeeg. Helaas trok ik met deze verdediging de aandacht van andere aanvallers.

'Ippe, neer!' riep ik nog één keer. Meer tijd had ik niet. Meer aandacht kon ik niet voor mijn schaapherder vrijmaken. Het zou mijn dood betekenen. Hij zou zichzelf moeten redden in de tijd dat ik het tiental Germanen van me af sloeg. Ik bukte ook, één tel. In een poging het zwaard van de aanvaller aan mijn voeten te bemachtigen. Hij lag er bovenop. Terwijl ik overeind kwam, hief ik mijn been. Mijn trap tegen zijn zij liet het kolossale dode gewicht niet kantelen. Dit was kansloos.

Verder, grijp het zwaard van de volgende, zong het door mijn hoofd. De eerste groep naderde, met zijn drieën naast elkaar in een linie. Schouder aan schouder. Vurige ogen, lansen en zwaarden.

Al mijn zintuigen stonden op scherp. Ik bewoog me in het vacuüm van adrenaline, met precieze bewegingen. Er waren geen bewuste gedachten meer, geen beslissingen vanuit mijn ratio. Ik draaide puur op instinct en ervaring.

Elke stap was doordacht. Mijn ogen vingen een glimp van metaal en dan bukte ik om het op te rapen. Of het nu een vork was, een kort mes of een lang lemmet, ik greep het en gooide het van me af richting een van de aanvallers. Het vleesmes dat ik als eerste vond, had ik overgepakt in mijn schildhand. Dat hield ik bij me als dolk voor een één op één gevecht. Toch was het mijn intentie om zoveel mogelijk afstand te houden, tot ik net als de aanvallers een zwaard had. De middelste van het naderende drietal gooide zijn speer. Ik ving hem op met de zilveren schaal, voor de inslag mijn schouder kon raken. Het gaf een klap die door mijn hele lijf gonsde. Vlak naast mijn arm kwam de punt door het metaal gezet. Met een woeste brul wrikte ik de speerpunt los. Ik plaatste mijn linkerbeen voor, kneep mijn linkeroog dicht en gooide de speer recht in de borst van de dichtstbijzijnde aanvaller. Bijna direct hief ik het provisorische schild opnieuw om een speer te pareren. Deze keer werd het aan stukken gescheurd. Ik gooide het met speer en al aan de kant, zette het op een rennen en plantte mijn vleesmes in het oog van de eerste speerwerper. In dezelfde beweging wrong ik het zwaard uit zijn hand en ik wist het net op tijd richting zijn metgezel te keren, om de punt onder zijn kin te plaatsen. Onze ogen waren slechts centimeters van elkaar. Ik was te dichtbij om zelf het risico te lopen door zijn zwaard geraakt te worden. Toen drukte ik door, tot de punt samen met een helderrode rivier uit zijn neusrug tevoorschijn kwam. Trek en draai, mijn snelle voetenwerk was altijd mijn kracht geweest. Ik hoorde voeten achter me en maakte me al op om het bevrijde zwaard in nieuw vlees te steken.

'Sikko, stóp!' riep Titus, mijn landgenoot. Mijn mededeserteur. Hij had ook gevechtsgerei weten te bemachtigen. Ter verdediging hief hij zijn korte bebloede dolk om mijn klap met het zwaard te pareren, maar ik wist de zwaai tijdig te stoppen. Het vuur in Titus' ogen was gelijk aan wat ik door mijn aderen voelde gonzen. Hijgend staarden we elkaar aan. Gevoelsmatig minutenlang, in werkelijkheid twee seconden.

Tot nieuwe aanstormende voetstappen ons rug aan rug lieten draaien. Achter me klonk het zingen van zijn provisorische schild toen hij een klap opving. Ikzelf haalde uit met mijn zwaard voor de aanvaller te dichtbij kon komen. Onze stalen verlengstukken troffen elkaar met een denderende klap. Mijn rechterarm kwam met zwaard en al omhoog. Hoger en hoger om zijn zwaard bij me weg te draaien. Ik zag de flikkering aan mijn linkerkant te laat, had mijn linkerarm te hoog. Zonder zwaar schild om me te beschermen, had ik mijn dekking laten varen. Een beginnersfout. Een fout die ik duur bekocht. De dolk in mijn vijands hand prikte in mijn vlees, dreigde even tegen een rib af te ketsen en dook toen dieper naar binnen.

Op hetzelfde moment kreeg de man van achteren een enorme klap met een houten plank. Zijn ogen draaiden naar binnen weg en met dolk en al viel hij achterover. Het metaal maakte een zuigend, soppend geluid toen het mijn lichaam uitgleed en de pijn was even scherp als bij het naar binnen dringen. Mijn knieën begaven het. Ze zakten onder me vandaan en ik kon net voorkomen dat ik plat op mijn gezicht belandde, door het zwaard los te laten en me met mijn handen op te vangen.

'Cicero!' gilde Ippe. Hij stond nog met de plank geheven om zich heen te staren. Zwetend en zo zwaar hijgend dat zijn schouders met de adem mee op en neer gingen. Ineens hoorde ik het rumoer om me heen. Uit alle richtingen kwam wapengekletter. Met mijn beide handen tegen de bloedende wond gedrukt, keek ik rond, half overeind, steunend op wiebelende weke knieën. Wie maar kon, verdedigde zich en door de poort kwamen hulptroepen met hooivorken, pieken en een enkele bezem, om hun dorpsgenoten en beschermvrouwe bij te staan. Kennelijk hadden de aanvallers de muren verlaten, want er kwamen geen pijlen meer op ons neer.

Het lukte me amper om mijn ogen scherp te stellen. Ik probeerde de waas weg te knipperen om een inschatting te maken van onze kansen. De woning van vrouwe Sweelodia stond in lichterlaaie en over de muren zag ik meerdere brandhaarden.

Had ik dat gehoord? Waren deze woestelingen rovend en plunderend op deze grote woonstede afgekomen? Hadden ze in alle stilte de bewakers bij de poort overmeesterd en afgeslacht? Waren dat de geluiden die mij attent hadden gemaakt op het dreigende gevaar? Wat zou het ook. Voor mij was het te laat. Met een kreun liet ik me neerzakken. Bij elke beweging stroomde er een golfje warme vloeistof over mijn handen. Na een paar keer knipperen zag ik Titus fier standhouden en Ippe beukte met de plank om zich heen zodat de ruimte om mij vrij bleef. Hij was het laatste wat ik zag. Mijn schaapherder, die langer standhield dan ik. Het leek me passend dat ik met een glimlach uit deze wereld zou stappen.

Eerst klonk er nog wapengekletter, geschreeuw en gekreun. Toen dat verdrongen werd, bleef alleen de lucht van verschroeid hout in mijn neusgaten hangen. De zware rook van het recent opgeleverde badhuis. Al mijn noeste arbeid die tot stof verging. Uiteindelijk was het een droomloos niets waarin ik rondhing.

Mijn lichaam werd gedragen, licht als een veertje zweefde ik. Soms knipperde ik een restje van de realiteit weg. Een paardenkar, geknerp van wielen, blatende schapen. Die mooie Ippe, die over de horizon bleef dansen. Telkens vlak voor me langs, maar ver buiten mijn bereik. Ik had immers geen lichaam om hem mee aan te raken. Hij verdween altijd weer in de mist. De rest van de tijd werd ik omringd door roodroze duisternis, als een verre zon die op mijn gesloten ogen scheen.

Uiteindelijk loste de mist op en kon ik mijn ogen openen voor de werkelijkheid. Een donkere schuurwoning die ik goed kende. Ik werd omsloten door linnen, dat rook als een heide vol geurende bloemen. Die eerste indruk was positief. Toen drong het matras vol prikkend stro zich subtiel mijn lichaam in en rook ik een geur die me aan rottend vlees deed denken. Zurig, met een zoete ondertoon.

'Je bent wakker!' Ippe stortte zich haast boven op me. Zijn

handen grepen mijn beide wangen en hij kuste me zo beheerst als hij kon.

'Au!' kermde ik. Een scheurende pijn kwam, door alle ruwe bewegingen, in withete golven opzetten vanuit mijn linkerflank. Ippe deinsde achteruit en kwam met een bonk buiten de bedstee op zijn voeten terecht. Hij hief zijn handen en stond met opengesperde ogen toe te kijken hoe ik de dekens oplichtte om de wond te bezien.

'Ze heeft je dichtgenaaid, de kruidenvrouw uit het dorp achter de heide…' Ippe klonk alsof hij werkelijk geloofde dat alles daarmee goed zou komen. De geur om me heen vertelde mij iets anders. Voorzichtig liet ik mijn vingers tussen de linnen windsels glijden. Direct vertienvoudigde de geur. Ik hapte naar adem, maar groef verder. Tot ik de groenige wondranden zag. Week en wit op het eerste gezicht. Roodgezwollen en ingesnoerd, zwart uitgeslagen, diepblauw dooraderd als je beter keek. Toen ik op de huid rondom de wond drukte, verscheen er geelgroene pus. De steek die deze aanblik in mijn hart veroorzaakte, was scherper dan de pijn van de druk op de wond. Ik was er geweest! 'Heb je er honing op gedaan?'

'Ik… eh, nee. Ik geloof niet dat ze dat heeft gedaan. Wel een zwachtel van kruiden. Drie keer daags…'

'Dit komt van binnenuit. Snel! Haal zuiverende honing! Wie weet valt er nog iets te redden.' Ik liet mijn hoofd terug in het kussen vallen. Doodmoe van deze geringe inspanning. Mijn hart beukte zich een weg uit mijn borstkas. Zweetdruppels gleden kietelend van mijn voorhoofd richting mijn hals.

'Koele doeken!' gebood ik toen Ippe terugkwam met honing. Hoeveel tijd er verstreken was, wist ik niet. Alleen dat het beddengoed rondom mij doordrongen was geraakt van mijn zweet, dat ik het steenkoud had, rilde en klappertandde.

De verkoeling die volgde, in de vorm van een lap koud water op mijn voorhoofd, wekte me weer uit mijn surrealistische werkelijkheid. De kamer golfde om me heen. Ik zag mijn moeder, mijn vader en vrouwe Sweelodia. Mensen die hier onmogelijk konden zijn. Ippe verdrong hen. Ze verpulverden tot rookwolkjes toen hij zijn gezicht naderbij bracht.

'Ik haal de kruidenvrouw op,' piepte Ippe. Zijn gezicht was vlak bij het mijne. Zijn blauwe ogen drongen binnen als kleine schokgolfjes. Het lukte me om zijn pols te pakken voor hij opstond. De beweging zette mijn hele buik in brand. Pijn schoot als een ploertendoder door mijn romp.

'Blijf bij me,' fluisterde ik tussen mijn gebarsten lippen door. 'Blijf de tijd die me rest alsjeblieft bij me.' Het ratelen van mijn tanden maakte spreken bijna onmogelijk.

'Maar ik… ik moet toch iets doen! Cicero, ga niet weg! Laat me je helpen…'

'Je kunt niets doen, lieve herder. Waak over mij tot de goden me komen halen. Mijn tijd is gekomen.'

'Nee! Dat kán niet! Wat moet ik zonder jou, Cicero? Wat zal er van mij worden in deze rumoerige tijden?'

'Leef je leven, hoed je schapen. Sluit je nederig aan bij welke machthebber de regio maar in beslag neemt. Dan zal niemand je kwaad doen, mijn lieve herder. Verberg mijn verdiende munten, gebruik ze spaarzaam. Dan zal niemand enige aanstoot aan je nemen. Hier ben je veilig, lieve Ippe.'

Ippe depte mijn voorhoofd, doorweekte mijn lichaam met de koude lappen. Urenlang. Het voelde alsof er stoom van me afkwam, elke keer dat het natte linnen me raakte.

Hoewel ik geen vin verroerde, ging mijn hart al luider tekeer. Het roffelde als de paarden van Pluto, die me spoedig zouden halen. 'Hoe is de strijd afgelopen?' raspte ik tussen mijn haperende ademhaling door.

'Uiteindelijk was onze overmacht te groot. De meeste Germanen zijn gedood. Enkelen zijn gevangengenomen. Dat klinkt misschien mooi, maar onze verliezen zijn groot. Vrouwe Sweelodia...' Ippe haperde en sloeg zijn ogen neer. 'Ze is groots begraven. Vele grafgiften vergezellen haar op haar reis naar de eeuwigheid. Ze heeft zelfs paarden meegekregen.'
'Snap je dat ik mij spoedig bij haar zal voegen?' Ik deed mijn uiterste best om mijn arm te heffen. Hem nog één keer aan te raken. Een trillende hand kwam binnen mijn blikveld. Slap en bleek, blauw dooraderd. Ippe boog zich naar mijn hand toe om het me te vergemakkelijken. Ik streek over zijn slaap. Een aai, meer was het niet. Toen viel mijn hand neer. Loodzwaar, alsof ik mijn schild er uren en uren mee had getorst.
'Ik hou je zo dicht bij me als ik kan,' fluisterde Ippe. 'Dan ben je toch voor altijd in mijn hart.'
Ik glimlachte. Opnieuw nam ik me voor om glimlachend deze wereld te verlaten. 'Als je het zo wil, dan ben ik voor altijd de jouwe, hier bij jouw huis. Meer kan ik je niet meer bieden.' Ippe kroop tegen mijn rechterzijde aan. Zijn lichaam voelde koud tegen het mijne en ik wist dat het betekende dat ik te zeer in brand stond.
Het trillen trok weg en mijn hart kalmeerde. Het lukte me om mijn arm rond zijn schouder te slaan. Toen sloot ik van inspanning mijn ogen en voor zover ik weet, heb ik ze nooit meer opengedaan.'

Robin zweeg langdurig, vanuit zijn gesloten oogleden gleed een traan over zijn wang en kaak. De anderen wisselden blikken met elkaar. Sander had zijn armen om zijn knieën geslagen. Met zijn kin op zijn handen keek hij of Robin verderging. Toen dat uitbleef, deed hij een greep in zijn broekzak om zijn telefoon op te diepen. Als een razende veegde zijn wijsvinger over het scherm, hij scrolde en tikte, veegde, scrolde en tikte nogmaals.

Claartje legde haar hand op Robins schouder.

Hij veerde strak omhoog tot een kaarsrechte zithouding. Zijn ingezakte schouders ferm naar achteren en zijn hoofd schoot achteruit.

'Kalm, kalm,' suste Claartje. 'Doe voorzichtig met je hoofd. We weten niet of je een hersenschudding hebt.'

'Natuurlijk wel, waar komen die verzinsels anders vandaan?' bromde Sander. Zijn blik kwam niet van het telefoonscherm los.

'We moeten daarnaartoe,' wees Robin. 'Naar waar de boerderij van Ippe stond. Daar ligt hij, mijn Strieder. Ik zweer het jullie!'

'Er is niks over deze hele geschiedenis te vinden,' zei Sander. 'Je hebt het uit je duim gezogen of gedroomd. Is er geen tv-serie geweest over zoiets? Dat je flarden van je droom tot werkelijkheid hebt gemaakt met zaken die je al kende? Zo'n gevechtsscène... Dat heb je ergens gezien. Absoluut. Ik durf daar mijn hand voor in het vuur te steken.'

'Ik zou niet zulke boute uitspraken doen, Sander,' lachte Claartje.

Robin begon zich overeind te drukken. 'Natuurlijk is hier niks over te vinden. Wat denk je? Wanneer zal dit gespeeld hebben? Vier- of vijfhonderd jaar na Christus? Hoeveel overblijfselen verwacht je in een gebied als dit? De helft is nog begraven. De andere helft is vernietigd in vroeger tijden, omdat mensen er geen belang in zagen. De boeren wilden gewoon verder met hun akkers. Die hadden geen tijd en geen belang bij wat begraven resten. Zo is het vást overal gegaan.'

'Die tijdsaanduiding is consistent met je verhaal,' mompelde Sander. 'Wat ik op Google vind over de laat Romeinse tijd klopt met wat je zegt over dienstplicht in plaats van huursoldaten. Homoseksualiteit werd rond 390 verboden in het Romeinse rijk. Maar al die feiten kun jij al geweten hebben. Het bewijst niks anders dan dat je een klap op je kop kreeg en een levendige fantasie hebt!'

'Kom,' zei Robin. 'Ik moet het zien. Daarna mogen jullie met me doen wat jullie willen. Laat me gerust opnemen.' De ferme blik in zijn ogen toonde dat het hem menens was. Hij stond op, trok de kaart uit de handen van Sander en bestudeerde die grondig om zijn route te bepalen. Hij keek op de anderen neer die verdwaasd bleven zitten. Na een paar seconden begon hij te lopen. Eerst een klein stukje verder over het schelpenpad, daarna rechts terug naar de weg en naar Oud Aalden. Hij kende deze regio niet, maar zijn gevoel gaf duidelijk aan in welke richting hij moest om Cicero te vinden.

'Wacht even,' riep Claartje. Ze begon wat spulletjes bij elkaar te rapen en in haar rugzak te stoppen. Kris stond op, al haar bewegingen leken bedaard, onhandig haast. Ze had haar hoofd kennelijk harder gestoten dan hij, meende Robin. Hij sloeg een arm om haar heen. 'Gaat het?'

Haar ogen bleven groot. Het leek wel alsof ze ergens bang voor was. 'Wat is er toch?'

'Zijn hier écht geen Duitsers?' vroeg ze, met een onderzoekende blik. 'Jullie lijken zo ontspannen. Hier maar zitten en picknicken. Praten en herrie maken. En wat voor ding heeft hij?' Ze wees naar de telefoon waarop Sander bleef tikken. Robin fronste zijn wenkbrauwen en besloot haar te negeren. 'In de war,' mompelde hij in zichzelf. Met zijn blik speurde hij alle bermen af. Hij probeerde zich open te stellen en sprankjes van Cicero of Ippe te voelen in deze eenentwintigste eeuw.

'Ik vind hier wel van alles over 'de Prinses van Zweeloo',' zei

Sander. Hij maakte een paar snelle passen om Robin in te halen en liet op het schermpje een foto zien. Robin graaide de telefoon uit Sanders handen. 'Ja! Dat is haar, Vrouwe Sweelodia! Kijk dan, kijk!' Hij hield het scherm onder de neus van de dames. 'Zo zag ze eruit. Het klopt bijna helemaal, ik geloof alleen dat de mouwen van haar jurk anders waren.'

'Dit is een replica, in het Drents museum,' zei Sander. 'Ze hebben hier vlakbij, in Zweeloo dus, graven gevonden, met paarden, grafgiften en van alles.' Hij wees in de richting vanwaaruit ze kwamen.

Robin voelde hoe hij weggetrokken werd uit de realiteit en bestudeerde Kris nog eens. Als hij niet gek was, kon zij dan werkelijk iemand uit de Tweede Wereldoorlog zijn? 'Vertel eens over jouw Duitsers.'

'Duitsers!' Haar stem schoot een paar octaven omhoog en ze draaide zich om terwijl ze jachtig om zich heen keek. Daarbij draaide ze zo abrupt dat ze haar enkel verzwikte en half struikelend in het gras belandde. Robin deinsde nu achteruit. Weg uit de baan van haar maaiende armen.

'Niet weer!' bromde Sander. Een luide zucht volgde en hij sloeg zijn handen voor zijn gezicht.

De verdwenen lijst

Kris had geen idee hoelang ze buiten bewustzijn was geweest. Toen ze langzaam bijkwam, merkte ze dat er een gewicht op haar lag. Wat was er gebeurd? Op dat moment fluisterde er een mannenstem in haar oor. 'Blijf stil liggen!' Voorzichtig opende Kris haar ogen en keek in het gezicht van een jonge man. Ze schatte hem zo rond de twintig. Hij had blond haar dat aan weerszijden kort opgeschoren was. Bovenop zijn hoofd was het haar wat langer en in een scherpe scheiding aan de linkerkant naar rechts gekamd. Hij was een knappe verschijning, bedacht Kris. Wat haar het meest opviel waren zijn ogen. Blauwe, vriendelijke ogen, waardoor je hem gelijk sympathiek vond. Pas daarna drong het tot haar door dat hij haar stevig tegen de grond drukte en ze moeite kreeg met ademhalen. Ze probeerde zijn greep iets losser te maken, maar hij reageerde meteen door haar nog strakker vast te pakken. 'Ze zijn er nog steeds, dus beweeg niet en maak geen geluid,' siste hij tussen zijn tanden. Ineens hoorde Kris geritsel in de struiken voor hen. Even kwam het geritsel dichterbij en Kris zag een paar zwarte laarzen voor haar onder de struik door. Er stond daar iemand. Kris hield haar adem in, hoewel ze niet begreep waarom ze zich stil zou moeten houden. Toen draaiden de laarzen zich om en verwijderde het geritsel van de struiken zich weer. Langzaam werd de greep van de man wat losser en kon ze weer normaal ademhalen.

'Wat is er aan de hand?' vroeg ze nog een beetje buiten adem. De man ging naast haar zitten. 'Het spijt mij dat ik je zo hard tegen de grond heb gegooid,' zei hij, 'maar volgens mij zag je die Duitsers niet.'

'Duitsers?' vroeg Kris verbaasd. Ze drukte zich overeind en ging naast hem zitten.

'Ik denk dat het de Sicherheitsdienst is. Ze zoeken in de bossen naar de schuilplaatsen van de knokploegen. Je moet wel beter oppassen als je zo alleen door het bos loopt.'

Op dat moment besefte Kris dat haar medewandelaars verdwenen waren. Nou, dat staat ze netjes, dacht Kris. Ze zijn gewoon doorgelopen terwijl ik bewusteloos in de bosjes lag. Waarschijnlijk hebben ze niet eens gemerkt dat ik er niet meer ben. Ze zag ook dat de omgeving volledig anders was dan ze zich herinnerde. Weg was het straatje met de klinkers, de berm en het landschap dat haar zo vertrouwd was geworden sinds ze in Zweeloo woonde. Wraakzuchtig bedacht Kris dat ze nu wel een reden had om die drie eens flink de waarheid te vertellen.

'Met jouw haar en donkere huidskleur moet je wel oppassen,' ging de man verder. Hij keek haar aan alsof ze niet helemaal goed snik was om zo door het bos te wandelen. En wat bedoelde hij met die opmerking over haar haar en huidskleur? Kris ging met haar hand door haar haar om haar krullen te fatsoeneren en merkte dat haar kapsel heel anders aanvoelde. Het was langer dan normaal, al had ze ook schuifspeldjes in. Toen ze een pluk haar voor haar gezicht hield, zag ze dat het veel donkerder was dan haar normale asblonde kleur. Meteen daarna kwam ze er met een schok achter dat haar hand er ook heel anders uitzag. Hij was jeugdiger, olijfkleurig, met kortgeknipte nagels en zonder nagellak. Wat was er in godsnaam aan de hand?

Pas toen viel het haar op dat ze ook heel anders gekleed was. Ze had een stijve grijze rok, een witte vale bloes en een grijs jasje aan. Aan haar voeten zaten degelijke bruine schoenen met veters en korte witte sokjes. Ze kon zich niet herinneren dat ze ooit zoiets tuttigs en onromantisch had gedragen. Onzeker keek Kris naar de man, maar hij keek oplettend om zich heen, nog steeds speurend naar de mannen die naar de knokploegen zochten. Ineens stond hij op en stak zijn hand uit. 'Mijn naam is Bert, wie ben jij?'

'Ik ben Kris,' antwoordde Kris terwijl ze zijn hand schudde.

'Dat is niet bepaald een Joodse naam,' concludeerde Bert.

'Ik ben niet Joods,' zei Kris.

Ik droom, dacht Kris. Ze besefte ineens dat de man die voor haar stond haar wel erg bekend voorkwam. Waar had ze hem eerder gezien of ontmoet? Het was alsof er een dikke mist over haar hersenen lag; ze had moeite om haar gedachten te ordenen. Ze schudde haar hoofd. Had ze haar hoofd toch harder gestoten dan ze had gedacht? Lag ze in een ziekenhuis in coma en droomde ze dit allemaal? Well fuck my life, dacht ze verbolgen. Natuurlijk lag ze in coma met een hapje van een arts aan haar zijde en ze kreeg niet eens de kans om hem om haar vinger te winden. Inwendig mopperend stond Kris op en keek om zich heen. Bert stond naast haar op de ballen van zijn voeten te wippen.

'Heb je haast?' vroeg Kris hem.

'Ja, ik moet naar het gemeentehuis, ze verwachten me daar. Maar het voelt niet goed om je alleen door het bos te laten lopen terwijl er Duitsers in de buurt zijn.'

Kris had geen idee waar hij het over had, maar ze had ook geen idee waar ze was. 'Kun je een stukje met me meelopen?' vroeg ze aan Bert. 'Ik heb geen idee waar ik ben en misschien verdwaal ik.'

'We zullen heel voorzichtig moeten zijn,' antwoordde Bert, 'de Duitsers vormen meestal een lint en lopen vlak naast elkaar. We moeten zorgen dat we achter ze blijven of voor ze kunnen komen. Als we tussen ze door kunnen glippen, kan ik op tijd bij het gemeentehuis zijn. We kunnen niet praten en moeten snel zijn.' Bert pakte Kris' hand en begon zich met haar een weg door de struiken te banen.

Ze kwamen niet snel vooruit. Het was lastig om geruisloos door de struiken te bewegen. Soms hield Bert Kris tegen en schuilden ze achter een boom of onder een struik. Af en toe hoorden ze opgewonden gepraat, maar het was steeds op een afstand. Kris was blij met haar praktische kleding. Vooral haar schoenen waren veel beter voor een sluipgang door het struikgewas, dan de sandaaltjes die ze voor haar coma droom had gedragen. Opeens duwde Bert haar tussen de struiken. Op een paar meter voor hen zagen ze twee Duitsers. Op dat moment viel in Kris' hoofd het kwartje! De mannen hadden grijze broeken aan, wijd aan de bovenkant en strak om de onderbenen. Hun zwarte hoge laarzen waren glanzend gepoetst. De jassen die ze droegen, grijs en met vier zakken, hadden een riem om de middel met een extra leren band over hun schouders. Maar wat het kwartje echt deed vallen, waren de grijze wollen petten. De insignes, voorzien van een hakenkruis, die aan deze petten zaten leken zo uit een museum te komen... een museum voor de Tweede Wereldoorlog!

Door het besef dat haar droom zich afspeelde tijdens de Tweede Wereldoorlog, ontsnapte er een klein kreetje uit Kris' keel. Meteen legde Bert een hand op haar mond om te voorkomen dat de mannen haar zouden horen en trok hij haar achter een boom. Met grote ogen keek Kris hem aan. De mannen verderop waren gestopt met praten. Ze hadden iets gehoord en luisterden of ze konden bepalen waar het geluid vandaan kwam. Bert gebaarde Kris om stil te zijn en nam, na een kort knikje met haar hoofd als bevestiging dat ze hem had begrepen, zijn hand van haar mond. Hij duwde zich dicht tegen de boom en ging op zijn hurken zitten. Hij gebaarde naar Kris om hetzelfde te doen. Daarna pakte hij een behoorlijk grote tak van een struik naast de boom vast en trok deze heel voorzichtig om hen heen. Zonder geluid te maken, veegde hij daarna voorzichtig wat bladeren over hun schoenen. Ineens hoorde Kris een takje kraken aan de andere kant van de boom. Haar hart begon wild te bonzen. Ze hield haar adem in. Naast haar zat Bert, gehurkt, met al zijn spieren aangespannen en licht voorovergebogen. Het was duidelijk dat hij klaar was om hen te verdedigen of misschien te vluchten, mocht de persoon aan de andere kant van de boom hen ontdekken. Ze hoorde een krassend geluid dat overging in een zacht gesis. Het was alsof iemand iets langs de boombast schraapte. Een sigarettenlucht bereikte Kris' neus. Het gekras was een lucifer geweest die de man langs de boom had geschraapt. Bert had de rook ook opgemerkt en waarschuwde haar met zijn ogen dat ze stil moest blijven zitten. Het gevaar was nog niet geweken. 'Günter,' klonk een sissende mannenstem ineens. Zachte voetstappen kwamen dichterbij en Bert en Kris beseften dat er nu twee mannen naast hen stonden. Weer hoorden ze het krassende geluid, gevolgd door het gesis en een tweede sigaret werd aangestoken. 'Was machen wir hier? Diese Affen sind schon längst verschwunden.' Een andere stem antwoordde: 'Es ist sinnlos. Wir suchen den Bürgermeister und den Beambten. Wir sollten zum Rathaus gehen!' 'Du hast recht! Aber wir haben unsere Befehle.' Na dit korte gesprek werd het stil. Het duurde nog een minuut of twee voor Kris hoorde dat de mannen hun sigaret uittrapten en weer onderweg gingen.

Bert zag asgrauw. Al het bloed was uit zijn gezicht verdwenen en hij trilde over zijn hele lijf. 'Ze zijn weg,' fluisterde Kris om hem gerust te stellen. Met gecontroleerde bewegingen liet Bert de tak, waarmee hij hen had verborgen, los. Toen hij haar weer aankeek, was al het bloed weer terug in zijn gezicht en zag hij zelfs rood. Zijn ogen schoten vuur en Kris realiseerde zich dat hij niet bang was geweest, maar boos. Nee, boos was niet het goede woord, hij was woest! 'Heb je verstaan wat ze zeiden?' siste hij. 'Ze zijn op zoek naar de burgemeester en een ambtenaar! Ik moet zo snel mogelijk naar het gemeentehuis zien te komen en de burgemeester waarschuwen!' Bert pakte Kris' hand en keek haar zorgelijk aan. 'Het is niet veilig om met mij mee te gaan. Die ambtenaar die ze zoeken, tja, ik denk dat ze mij bedoelen!' Ergens in Kris' brein begon een herinnering te kriebelen. Ze was ervan overtuigd dat ze meer wist over deze man en zijn verhaal, maar de herinnering hield zich schuil in de mist die ze maar niet van zich af kon schudden. Droom of coma: normaal denken kon ze niet. 'Ik moet er snel vandoor en zorgen dat ik voor die Duitsers bij het gemeentehuis ben,' begon Bert weer. 'Als ik de burgemeester kan waarschuwen dan kan hij opnieuw onderduiken. Maar ik moet er ook voor zorgen dat de Duitsers bepaalde documenten niet in handen krijgen!'

Bert maakte aanstalten om op te staan, maar Kris hield hem tegen. 'Waarom gaan we niet samen?' vroeg ze. 'Misschien kan ik je helpen.'

'Ze zullen denken dat je een Jodin bent,' antwoordde Bert, 'dat risico kun je niet nemen. Of heb je misschien papieren bij je die bewijzen dat je niet Joods bent?' Kris doorzocht snel de zakken van haar jasje en haalde er, tot haar grote verbazing, een verkreukeld persoonsbewijs uit. Samen bekeken ze het persoonsbewijs. Tot haar grote opluchting bleek daaruit dat zij geen Joodse achtergrond had.

'Je heet dus Christina,' concludeerde Bert, nadat hij het persoonsbewijs had gecontroleerd. Natuurlijk zorgt mijn droom er wel voor dat die naam dicht bij mijn eigen naam ligt, dacht Kris. 'Ik zou misschien voor wat afleiding kunnen zorgen als ze ons ontdekken,' zei Kris. 'Maar ik denk dat we beter even kunnen wachten tot die mannen wat verder weg zijn.'

'Je hebt waarschijnlijk gelijk,' zei Bert, terwijl hij zich weer tegen de boomstam liet zakken 'Zusje, mijn verloofde, zegt dat ik vaak roekeloos ben. Dat ik niet nadenk voor ik iets doe. Misschien is het dus beter om een plan te maken.'

Zittend op de grond luisterden Kris en Bert naar de geluiden om hen heen.

'Wat voor documenten moet je ophalen?' vroeg Kris na een tijdje.

Bert leek niet echt op zijn gemak om haar in vertrouwen te nemen. Hij keek haar wantrouwend aan, maar leek toen een besluit te nemen. 'Ik neem nu een risico door je in vertrouwen te nemen,' zei hij, 'maar ik heb geen keuze. Ik ben de contactpersoon voor de LO, de Landelijke organisatie voor hulp aan Onderduikers. Op het gemeentehuis ben ik de ambtenaar die persoonsbewijzen uitgeeft voor iedereen boven de zestien jaar. Op die manier kan ik ervoor zorgen dat Joodse mensen en illegalen een aangepast persoonsbewijs krijgen. Er ligt een lijst met de echte namen van deze personen in mijn bureau. De lade is weliswaar op slot, maar dat zal de Duitsers niet tegenhouden. Ik moet ervoor zorgen dat ze die lijst niet in handen krijgen, anders zijn die mensen niet veilig.' Kris knikte begrijpend, hier stonden levens op het spel. Een opgewonden gevoel vlamde op in haar maag. Zoiets spannends had ze nog nooit meegemaakt. 'Het ziet er niet naar uit dat we voor de Duitsers bij het gemeentehuis

kunnen komen,' ging Bert verder. 'maar je kunt me misschien helpen als we bij het gemeentehuis zijn. Als we daarvoor ook meneer Katerberg kunnen waarschuwen, kan hij bij het gemeentehuis wegblijven.'
'Wie is meneer Katerberg?' vroeg Kris.
'De burgemeester, hij is mijn baas en weet ook van de persoonsbewijzen. Misschien kun jij de burgemeester waarschuwen? Maar je weet natuurlijk niet hoe hij eruitziet… Als je niet weet dat hij de burgemeester is, dan ken je hem vast niet.'
'Nee, maar als je me vertelt waar hij woont, kan ik naar zijn huis gaan, toch?'
'Nou, dat gaat niet lukken,' merkte Bert op, 'hij is al ondergedoken en ik ga je echt niet vertellen waar hij is. Het maakt me niet uit wat er met mij gebeurt, maar ik breng geen anderen in gevaar. Het lijkt me het beste om naar het gemeentehuis te gaan. Ondertussen bedenken we wel hoe we de burgemeester kunnen waarschuwen.'
Even bleven ze stil naast elkaar zitten. Bert was in gedachten verzonken en Kris keek naar hem. Hij was duidelijk ongerust over de ontwikkelingen. Op zijn jonge gezicht zat een diepe frons.
'Wil je echt het risico nemen om mij te helpen?' vroeg hij na een tijdje.
'Ja, heel zeker,' antwoordde Kris beslist. Ze was overtuigd dat dit een coma droom was, dus welk risico liep ze nu eigenlijk? Dit was opwindend, een avontuur!
'Goed, ik heb het volgende idee: als we bij het gemeentehuis zijn, ga jij via de voordeur naar binnen om vervolgens de Duitsers af te leiden. Ik kan dan via de achterdeur naar binnen gaan en de documenten veilig naar buiten brengen. Denk je dat je dat aankunt, Kris?'
'Nou en of!' antwoordde Kris. Ze zou een Oscar-winnende

show geven waar de Duitsers geen raad mee zouden weten. Samen met Bert kon ze mensenlevens redden!

Ze slopen door het bos, hun oren gespitst en hun ogen zoekend naar de Duitsers die zich voor hen moesten bevinden. Het was niet zo ver naar Aalden en van daaruit zouden ze naar het gemeentehuis van Zweeloo gaan. Toch kwamen ze maar langzaam vooruit. Het struikgewas was soms zo dicht dat ze er onmogelijk zonder veel geluid te maken doorheen konden komen. Een enkele keer moesten ze zelfs op hun buik onder de takken door tijgeren, iets wat Kris al sinds haar eerste jaar niet meer had gedaan, althans, niet dat ze zich kon herinneren. Kris was nooit erg sportief geweest, ze had het altijd te druk met dromen. Haar moeder had haar gedwongen op balletles te gaan. Enthousiast was ze naar de lessen gegaan. Ze zag zichzelf al elegant pirouettes maken en het publiek tot tranen toe ontroeren met haar dansen. Ze had zich zwetend door alle posities heen geworsteld en was opgetogen over het resultaat. Het was daarom een harde klap voor Kris geweest toen ze de lerares tegen haar moeder hoorde zeggen dat ze totaal geen aanleg had voor ballet. Boos had ze haar tutu en balletschoentjes in een hoek van haar slaapkamer gegooid en ze had stijfkoppig geweigerd om ooit nog een sport te beoefenen. Nu mopperde Kris op zichzelf om die houding. Ze had meer aan haar uithoudingsvermogen moeten doen; ze had moeite om niet te hijgen als een trekpaard bij al deze lichamelijke inspanning.

Eindelijk zagen ze de bosrand. Aalden lag voor hen, nou ja, Oud Aalden voor Kris. Ze zag de boerderijen die haar weliswaar bekend voorkwamen, maar die er veel ouder uitzagen dan de opgeknapte boerderijen die ze kende. Bert pakte haar hand.

'We moeten zo snel mogelijk naar die schuur lopen,' zei hij, wijzend naar de dichtstbijzijnde schuur van een boerderij. 'Dat is de boerderij van boer Pals,' ging hij verder, 'we kunnen hem vragen om de burgemeester te waarschuwen. Hij weet waar hij is. Maar we mogen niet gezien worden. Het is maar een klein stukje tot het maïsveld, daar hebben we voldoende beschutting en worden we niet gezien. Zorg wel dat je laag blijft. Het mag dan een warm voorjaar zijn geweest, het maïs staat nog niet erg hoog.' Bert keek snel om zich heen om te kijken of er iemand in de buurt was en telde toen af. 'Drie, twee, één...' Toen begon hij te rennen, Kris achter zich aanslepend. Aangekomen in het maïsveld ontspande Bert zich enigszins. Ze namen een paar minuten om op adem te komen, maar toen waarschuwde Bert haar weer. 'We moeten stil zijn, wie weet waar de Duitsers zijn. Gelukkig zijn er altijd dieren in een maïsveld, dus is er altijd wel geluid en geritsel, maar we kunnen niet praten.'
Kris kon nog net op tijd op haar tong bijten. Over wat voor dieren had hij het? Ze raakte al in paniek wanneer er een spinnetje in haar slaapkamer zat, laat staan in haar haar of in haar kleren! Bij alles wat groter was dan een spin zou ze gillen als een sirene en hun aanwezigheid in het maïsveld verraden.
Ze kwamen snel vooruit door het maïsveld, aangezien het maïs nog niet dichtgegroeid was. Kris liep stug door, voortgedreven door de gedachte aan al het ongedierte in het veld. Gelukkig zag ze geen spinnen, ratten of muizen. Wel had ze continu jeuk op haar hoofd, alsof honderden spinnen, kevertjes of andere kruipertjes het zich comfortabel hadden gemaakt in haar haardos. Ze duwden de maïsstengels voorzichtig opzij om zo min mogelijk geluid te maken. Soms bleven ze eventjes staan om te luisteren naar de geluiden om hen heen, maar ze hoorden niets. Ineens werd het veld minder begroeid. Bert gebaarde naar Kris dat ze op haar

hurken moest gaan zitten. Hij hurkte tegenover haar en met hun gezichten vlak bij elkaar konden ze fluisterend overleggen.

'We zijn aan de rand van het veld. We moeten uit het zicht blijven, maar het erf van boer Pals geeft ons weinig mogelijkheden om te schuilen,' begon Bert. 'Ik ken het erf goed, dus ik zal eerst gaan. We doen het in delen, eerst tot de hooikar van boer Pals, dan naar de stal en door de stal heen naar de boerderij. Als de kust veilig is, geef ik steeds een seintje dat je mij kunt volgen.'

Kris knikte dat ze hem had begrepen, waarna ze samen gebukt naar de rand van het maïsveld liepen. Vanaf de rand van het veld kon Kris over het erf van de boerderij kijken. Behalve wat loslopende kippen was het er rustig. Het was rond het middaguur. De boer, de boerin en de knechten zaten waarschijnlijk te eten in de boerderij. De hooikar, waar een aantal balen hooi op lagen, stond een meter of vijf voor hen. De stal was verder weg, maar vanaf de stal naar de boerderij was maar een paar meter. Bert maakte zich klaar om het eerste stuk naar de hooikar te overbruggen. Hij kneep even in Kris' arm en rende toen gebukt naar de hooikar. De grote open wielen gaven weinig bescherming, maar er was niemand te bekennen. Bert maakte een wuivend gebaar naar Kris, om aan te geven dat zij hem kon volgen. Kris overbrugde zonder problemen de meters naar de hooikar. Tussen de spaken van de wielen door keek ze over het erf. Alles was rustig, maar toch had ze een onheilspellend gevoel. Een koude rilling liep over haar rug. Toen Bert de oversteek naar de stal wilde beginnen, hield ze hem tegen. Nog geen seconde later kwamen er twee Duitsers om de hoek van de boerderij lopen. Ze schopten naar de kippen, die kakelend een veilig heenkomen zochten. Meteen ging de deur van de boerderij open en kwam er een man in de deuropening staan.

'Boer Pals,' mimede Bert naar Kris. De mannen bij de boerderij wisselden wat woorden, waarna de boer de Duitsers binnenliet. Zodra de deur achter de mannen sloot, nam Bert de gok en rende naar de stal. De kippen, nog steeds verontwaardigd kakelden, zorgden ervoor dat hij niet gehoord werd. Bert wuifde naar Kris en snel rende ze dezelfde weg die Bert had afgelegd. De houten deur van de stal stond gelukkig op een kier, waardoor ze snel naar binnen konden glippen. In de stal was het koel en stil. Het vee stond in de wei, maar in een hoek lag een nest kittens met een moederpoes in een bed van hooi. De moederpoes keek even op, maar besloot dat ze niet interessant genoeg waren en richtte zich weer op het schoonlikken van haar kittens. Bert ging tegen een van de muren zitten en maakte een verslagen indruk.

'Wat is er?' fluisterde Kris.

'Ze zijn zo dichtbij. Wat als ze de stal willen doorzoeken?'

Kris keek om zich heen en snapte wat hij bedoelde. Er waren geen schuilplaatsen in de stal. Een kleine stapel hooibalen lag op de hooizolder. De Duitsers zouden die zeker doorzoeken. Ineens viel Kris' blik op een aantal melkbussen in een hoek. Als ze die stapelden, zouden ze zich daarachter kunnen verbergen. Snel liep ze naar de melkbussen, haalde zonder veel geluid te maken de deksels van de bussen en begon ze te stapelen als een piramide. Ze zorgde ervoor dat ze achter de bussen genoeg ruimte hadden om te kunnen schuilen en hield er twee achter om boven hun hoofd omhoog te houden. Op die manier leek het alsof die twee bussen op andere bussen stonden. Bert keek bewonderend naar wat Kris had gebouwd en ging samen met haar achter de bussen staan. Daarna schoof Kris de laatste melkbus naast hen tegen de muur. Ze zaten nu opgesloten tussen de melkbussen. Kris en Bert bogen voorover en pakten de twee achtergehouden melkbussen. Ze tilden ze boven hun hoofd en wachtten af of de Duitsers op het idee kwamen om de stal te controleren.

Al snel hoorden ze de deur van de boerderij opengaan. Het platte geluid van de Duitse laarzen werd overstemd door het geluid van de klompen van de boer. Bert en Kris zaten dicht tegen elkaar aan en hielden de bussen zo stil mogelijk boven hun hoofd. Gelukkig konden ze de rand van de bussen op de bussen voor hen laten rusten, waardoor ze minder bewogen. Kris hoopte maar dat de Duitsers niet de stal in zouden komen. IJdele hoop, bleek al snel, want de deur van de stal vloog open. Een norse stem, duidelijk die van boer Pals, nodigde de Duitsers de stal binnen. 'Kom maar kijken,' zei de stem, 'Ik heb niets te verbergen. Tenzij mijn kat en haar kittens van Joodse afkomst zijn, natuurlijk.' Boer Pals' stem droop van sarcasme. Het was duidelijk hoe hij over de Duitsers dacht. De klompen maakten veel lawaai op de vloer van de stal, stopten even bij de melkbussen en liepen toen snel door naar de hoek van de stal waar het nest van de poes lag. Het geluid van de Duitse laarzen volgden. Even later hoorden ze iemand de ladder naar de hooizolder opgaan.
'Hier ist nichts!' klonk het vrijwel meteen.
Kris merkte dat haar armen moe werden. Ze beet op haar onderlip om de bus, die ze boven haar hoofd hield, zo stil mogelijk te houden. Ondertussen loodste boer Pals de Duitsers via de andere kant van de stal naar buiten. Bert keek naar Kris en waarschuwde haar met zijn ogen om de bus nog niet te laten zakken.

Niet veel later hoorden ze de klompen de stal weer inkomen. Ze stopten vlak voor de bussen.
'Kom maar tevoorschijn!' zei boer Pals. 'Ik heb ze van mijn erf geschopt.'

Bert begon zachtjes te grinniken en kwam overeind. Hij zette de melkbus opzij en begroette de boer hartelijk. Daarna hielp hij Kris overeind en stelde haar voor aan de boer. Samen liepen ze naar de boerderij en gingen naar binnen. In de knusse keuken, die achter de buitendeur lag, stond een magere vrouw met een vriendelijk gezicht bij het fornuis. Twee grote blozende kerels zaten aan de lange eiken keukentafel, dronken koffie en aten dikke sneden brood met een onbehoorlijk dik stuk vlees ertussen. De mannen en de vrouw begroetten Bert hartelijk, maar keken wat argwanend naar Kris. Eenmaal binnen in de boerderij had Bert haast. Hij sloeg de kop koffie die de boerin aanbood af, waarna hij Kris schokte door roekeloos van wal te steken tegen boer Pals. Waren deze mensen wel te vertrouwen?

De boer luisterde zonder Bert te onderbreken naar zijn verhaal. De enige keer dat boer Pals liet merken dat het verhaal hem raakte, was toen Bert over het gesprek van de twee SD'ers vertelde. Zijn vuist kwam met zo'n harde klap op de tafel terecht dat de koffiekopjes van de beide knechten vervaarlijk rammelden. Toen Bert klaar was met zijn verhaal werd het stil in de keuken. De boer zat met een diepe frons aan de tafel. De boerin stond als bevroren bij het fornuis en de knechten leken hun adem in te houden.

'Wat is het plan?' doorbrak de boer de stilte.

'Ik ga via de achteringang het gemeentehuis in en Kris gaat via de voordeur,' begon Bert. 'Als de Duitsers in het gemeentehuis zijn, zal Kris ze afleiden, zodat ik documenten uit mijn bureau kan halen. Ik wil jou vragen om Meneer Katerberg te waarschuwen, als je kunt,' zei Bert. 'Hij zou ook naar het gemeentehuis komen, dus hoop ik dat je hem kunt onderscheppen voor hij daar is.'

De boer stond meteen op. Geen man van woorden, maar van daden, dacht Kris. Zijn vrouw stak een hand op om haar

man tegen te houden, maar de boer knikte om haar gerust te stellen. Hij zou geen onnodige risico's nemen.
'Blijf achter de boerderijen en vermijd de weg,' zei de boer, 'ik zorg dat de burgemeester veilig is.' Daarna stapte hij naar de deur en ging naar buiten.

Even later liepen Bert en Kris naar buiten. De boerin en knechten keken hen verslagen na. Ze gingen weer door de stal en over het erf naar het maïsveld. Ze bleven nu aan de rand van het veld lopen, net tussen de lage maïsstengels. Bert leek weer meer geloof te hebben in hun missie nu hij boer Pals richting de burgemeester had gestuurd. Hij bewoog sneller en soepeler en Kris had moeite om hem bij te houden. Door de maïsstengels zag Kris af en toe een boerderij, maar ze had geen idee waar ze waren. Ineens hielden de maïsvelden op en zag ze de Aalderstroom. Ze moesten er bijna zijn. Bert nam even de tijd om op adem te komen. Kris loerde naar de stroom en zag verderop een aantal mensen bij elkaar staan. Stil wees Kris in hun richting en keek naar Bert.
'Die zijn de schapen aan het wassen in de stroom,' legde Bert fluisterend uit. 'Dat doen ze ieder voorjaar voordat ze de schapen gaan scheren. Zo is de wol schoon en kunnen ze gelijk alle takken en ongedierte eruit wassen. We lopen om ze heen, want ik weet niet wie er allemaal bij zijn. Wel blijven we bij ze in de buurt. De schapen maken best veel lawaai, dus dan hoort niemand ons. De mannen zien ons vast niet. Ze hebben het druk met de schapen en drinken vaak een borrel tijdens die taak.' Bert grinnikte even bij het idee van de mannen in de stroom en de borrels in hun buik. 'Kom,' zei hij, 'we moeten nu echt naar het gemeentehuis.'

Het was een vrolijke boel in de stroom. Er werd hard tegen elkaar gepraat en iedereen was geconcentreerd bezig. Al snel konden ze de mannen niet meer horen en waren ze uit het gezichtsveld verdwenen. Wel werd het nog even spannend toen ze een bruggetje over de stroom moesten oversteken. Het was, in Kris' ogen, een macramé project: vier touwen waar een aantal planken op stapafstand van elkaar tussen waren geknoopt. Ze moesten zich aan de bovenste twee touwen vasthouden en dan van de ene plank naar de andere bewegen, waarbij het hele gevaarte nogal heen en weer zwiepte onder hun gewicht. Kris was liever door de stroom gewaad, maar Bert zei dat ze te veel zouden opvallen als ze kletsnat door Zweeloo zouden lopen.

Eenmaal bij de laatste boerderij aangekomen, hurkte Bert tegen de buitenmuur van de deel. Om de hoek was het nog maar één straat die ze over moesten steken. Ze konden het gemeentehuis al zien liggen. Kris voelde het koude zweet over haar rug lopen. Ze waren bijna bij hun doel. Nu kwam het erop aan!
'Ik ga nu via de boerderij daar naar de achterkant van het gemeentehuis,' zei Bert. 'Jij kunt gewoon naar de voordeur lopen, jou zoeken ze niet. Ik wil dat je vijf minuten wacht nadat je mij de straat ziet oversteken. Op die manier kan ik eerst kijken of de Duitsers er zijn. Als ze er niet zijn, kan ik de documenten gewoon uit mijn bureau halen en weer via de achterdeur wegglippen. Dan ben ik weer terug en hoef jij de oversteek niet te maken.'
Kris voelde de tranen in haar ogen branden. Ze wist niet goed waarom ze zo emotioneel werd, maar ergens wist ze dat het erop of eronder zou zijn. Bert keek even snel naar haar, zag haar tranen en draaide zich weer om richting de boerderij aan hun linkerkant. Kris wilde hem succes wensen, maar Bert sprintte al richting die boerderij. Ze volgde zijn vorderingen zo lang ze kon, maar al snel was hij uit het zicht verdwenen.

Kris concentreerde zich op het gemeentehuis. Een paar minuten later zag ze Bert tussen wat struiken door achter het gemeentehuis verdwijnen. Inwendig telde Kris de minuten af. Ze voelde zich zenuwachtig. Hoewel ze wist dat ze droomde, voelde het echt, alsof ze werkelijk hier was. Nadat ze er zeker van was dat de vijf minuten voorbij waren, werd ze nog zenuwachtiger. Bert was niet teruggekomen, dus waren de Duitsers in het gemeentehuis. Met trillende benen stond ze op en probeerde zo nonchalant mogelijk naar het gemeentehuis te lopen. Inwendig sprak ze zichzelf toe dat ze rustig moest blijven, voor Bert en voor de mensen die hij probeerde te redden. Bij de grote, zware voordeur ademde ze diep in, waarna ze de deur open duwde. De hal van het gemeentehuis was, op een zenuwachtig ogende dame na, leeg. Ze zat achter een bureautje bij de muur aan de andere kant van de hal. Alle andere bureaus waren verlaten. Dit had Kris niet verwacht. Ze wist niet goed wat ze wel verwacht had, maar niet deze doodse stilte. Snel liep ze op de dame af, die nerveus met wat documenten zat te schuiven.

'Kan ik u helpen?' vroeg ze van achter het bureau.

'Ja,' antwoordde Kris, 'ik wil graag naar de afdeling voor persoonsbewijzen.'

Geschokt keek de vrouw naar Kris. Het document dat ze vasthield, trilde in haar handen.

'Mag ik vragen of dit haast heeft?' vroeg de vrouw. 'U kunt beter morgen terugkomen.'

Even had Kris het idee dat ze geen adem kon halen. Dit voorspelde niet veel goeds. Moest ze weggaan en buiten wachten tot Bert terugkwam? Nee, besloot ze, ze was zover gekomen, ze zou dit afmaken. 'Nee,' zei ze resoluut. 'Dit kan echt niet wachten!'

De vrouw fluisterde dat de Sicherheitsdienst op de secretarie was. Kris kon echt beter aan andere keer terugkomen. Kris hield voet bij stuk en zei dat ze een persoonsbewijs nodig had en wel meteen! De vrouw gaf het op en wees Kris de weg. Kris draaide zich om en wilde weglopen, bedacht zich toen en vroeg de vrouw of de burgemeester misschien aanwezig was. 'Nee,' was het antwoord. Kris voelde zich ineens een stuk beter. Het was boer Pals gelukt om hem te waarschuwen!

Terwijl Kris de trap naar de eerste verdieping op liep, hoorde ze opgewonden gepraat. Ze volgde de instructies van de vrouw in de hal en vond de deur waarachter de secretarie lag. Ze klopte aan en ging naar binnen. Niemand had haar geklop gehoord, alle mensen in de ruimte stonden rondom het bureau van een man. De man had het grootste bureau, dat zo in de ruimte geplaatst was dat hij de volledige afdeling kon overzien. Kris nam aan dat hij de leidinggevende was, omdat hij de mensen om hem heen probeerde te kalmeren. Kris zag dat een paar jonge vrouwen zakdoeken voor hun ogen hielden. De mannen zagen bleek en waren duidelijk van slag. Ineens kreeg de man Kris in de gaten.
 'Mag ik vragen wat u komt doen?' vroeg hij.
Kris aarzelde. Kon ze deze mensen vertrouwen of wisten ze niets van het werk dat Bert voor het verzet deed? De man stond op en liep op haar af. Hij stak zijn hand uit, die Kris aarzelend aannam.
'Ik ben meneer Roemer. Ik heb de leiding over de afdeling secretarie. U moet het ons maar niet kwalijk nemen, maar mijn personeel en ik zijn vandaag wat van slag.' Ondertussen bekeek de man haar onderzoekend. Kris wist dat ze geen keuze had; ze kon niet anders dan hem in vertrouwen nemen.
'Ik ben Kris en ik ben samen met Bert Oppelaar hierheen gekomen,' zei Kris zo dat alleen meneer Roemer het kon horen. Geschokt keek hij haar aan.

'Bert is via de distributiedienst naar binnen gekomen,' vertelde meneer Roemer toen hij van de schok was bekomen. 'Daar hebben ze hem gewaarschuwd om niet naar de secretarie te gaan, maar hij luisterde niet. De SD was hier en zat op hem te wachten. Ze hebben hem meegenomen naar de kamer van de burgemeester. Hij wordt daar verhoord. Er is iemand van de knokploegen opgepakt die een vervalst persoonsbewijs bij zich had. Berts' handtekening stond erop.'
Op dat moment hoorden ze boze stemmen verderop uit de gang komen. Het leek erop dat de Duitsers hun geduld begonnen te verliezen. Meteen hielden de vrouwen op met snikken en spitste iedereen zijn oren om op te vangen wat er in de kamer van de burgemeester gebeurde. Kris stond besluiteloos voor meneer Roemer. Wat moest ze nu doen? Bert kon de lijst niet gepakt hebben voor hij door de Duitsers werd opgepakt. Die lijst moest nog steeds in zijn bureau liggen. Moediger dan ze zich voelde, nam ze het besluit dat zij moest zorgen dat die lijst niet in de handen van de Duitsers kwam.
'Kunt u mij Berts' bureau aanwijzen? Er liggen documenten in die Bert kwam ophalen.'
In de ogen van meneer Roemer zag Kris paniek. Hij wist over welke documenten het ging. Snel liep hij voor haar uit naar een bureau vlak bij zijn eigen bureau. Kris zag een groot houten bureaublad waar bakjes voor documenten op stonden en een pennenbakje. In het midden van het blad lag een vloeiblad vol inktvlekken. Het bureaublad steunde op twee ladeblokken. Elk blok had één grote en één kleine lade. De twee kleinere lades hadden beide een slot. Ze moest dus kiezen in welke lade de lijst zou zitten. Een ijzingwekkende gil deed Kris uit haar twijfel schieten. Waren de Duitsers Bert aan het mishandelen om een bekentenis los te peuteren? Hoelang zou hij dat volhouden? En hoelang zouden de

Duitsers daarmee doorgaan? Hoe dan ook: snelheid was geboden. Die lijst mocht niet in handen van de Duitsers komen.

Ze liep naar het linker ladeblok en opende eerst de niet afgesloten lade. Teleurgesteld zag ze een paar mappen met instructies voor persoonsbewijzen. Ze sloot de lade en richtte zich op de lade met het slot. Ze probeerde die te openen, maar het zat op slot. Meteen voelde ze aan de rechter lade, maar ook die ging niet open. Ondertussen stonden alle personeelsleden bij het bureau van Bert. Ze volgden haar handelingen met belangstelling.

'Weet iemand waar Bert de sleutel van deze lades bewaart?' vroeg Kris in het algemeen.

Een paar mensen haalden hun schouders op. Eén vrouw twijfelde. Ze keek naar meneer Roemer alsof ze toestemming vroeg om te antwoorden. Meneer Roemer gaf die met een klein knikje.

'Hij heeft die sleutel altijd bij zich.'

Even was Kris uit het veld geslagen. Hoe kreeg ze die sloten open? Ze ging op haar knieën voor de rechter lade zitten en bekeek het slot.

'Heeft iemand misschien een schroevendraaier?' vroeg ze. Voor de personeelsleden konden antwoorden, hoorden ze Bert weer krijsen van de pijn. Iedereen kromp ineen. Ineens kreeg Kris een idee. Snel haalde ze twee haarspelden uit haar haar en verboog er een zodat deze op een eenvoudige sleutel leek. De andere speld duwde ze aan de bovenkant tussen de lade waar de vergrendeling in het hout viel. Toen stak ze de andere speld in het slot. Wrikkend voelde ze in het slot en probeerde beweging in het mechanisme te krijgen. Kom op, dacht ze, ga open! Heel even voelde ze dat het mechanisme meegaf, maar toen schoot de speld weg. De speld was niet stevig genoeg!

'Verdorie!' vloekte ze, terwijl ze de speld uit het slot haalde. Ondertussen hoorde ze Bert steeds vaker gillen. Een ijskoude rilling trok over Kris' rug. Het gegil ging door merg en been. Kris vermande zich, ze moest zich blijven concentreren op haar taak, hoewel haar handen bij iedere gil harder begonnen te trillen. Bert gaf het niet op, dus mocht zij het zeker niet opgeven! Kris wreef haar trillende handen langs haar rok. Daarna trok ze de andere speld terug uit de bovenkant van de lade en maakte van beide spelden een steviger, geïmproviseerde sleutel. Ze draaide eerst de beide spelden recht waarna ze de rechte stangetjes een paar keer om elkaar heen draaide. Aan het ene einde maakte ze een ronding, waardoor ze meer grip op de 'sleutel' kreeg. Aan de andere kant maakte ze een haakje, zodat ze de vergrendeling kon verschuiven. Geconcentreerd ging ze weer aan de slag. Nu gaf het slot sneller mee en tot haar grote opluchting schoof de vergrendeling soepel uit het slot.

Langzaam trok ze de lade open. Haar blik viel als eerste op zwart-wit foto's van een mooi meisje. Een lieve glimlach op een verliefd gezicht. Dat moest Zusje zijn, dacht Kris meteen. Snel doorzocht ze de rest van de lade. Behalve wat persoonlijke brieven, een diploma van de MULO en de foto's lag er niets in.

Teleurgesteld begon Kris de linker lade te bewerken met de spelden. Dit keer kreeg ze het slot sneller open. Toen ze de lade opentrok, zag ze meteen een grijze envelop op de bodem van de lade liggen. Zou dit de lijst zijn? Met trillende vingers trok ze de envelop onder de andere documenten uit. Ze keek in de envelop en zag meteen dat dit de lijst was die ze zocht. Ze kon wel huilen van blijdschap!

Plotseling hoorden ze op de gang een deur opengaan, gevolgd door voetstappen die richting de secretarie kwamen. Een van de mannen die om het bureau stonden, wees naar de uitsparing tussen de twee ladeblokken van Berts' bureau. Woordeloos liet hij Kris weten dat zij zich daar moest verbergen. Meteen dook Kris tussen de ladekasten. Alsof het van tevoren afgesproken was, stelden de personeelsleden zich voor en achter het bureau op. De deur van de secretarie vloog open en de voetstappen kwamen de ruimte in.

'Welk tafel is von Herr Oppelaar?' klonk het in gebrekkig Nederlands. Vanuit haar schuilplaats onder het bureau kon Kris tussen de benen doorkijken en ze zag dat twee Duitsers een derde man meenamen. De Duitsers tilden de man iets op, waardoor zijn voeten met de neuzen van zijn schoenen over de grond sleepten. Met moeite kon Kris een gil van afschuw binnenhouden. Was Bert zo ernstig toegetakeld dat hij niet meer kon lopen? Toen merkte ze dat een van de medewerkers haar met zijn voet aantikte. Kris begreep dat hij haar waarschuwde; ze moest uit haar schuilplaats komen en zich achter hen verbergen. Plotseling zag ze dat de mensen voor het bureau zich verplaatsten. Hoge zwarte laarzen bleven voor het bureau stilstaan. In een reflex stopte ze de envelop met de lijst achter haar vale witte bloes en ze kroop, zonder geluid te maken, tussen de mensen door richting de muur. Toen ze daar was, gingen de medewerkers weer voor haar staan. Kris durfde niet te ademen en zat stijf, met haar benen tegen haar borst getrokken, achter de benen van de medewerkers. De Duitser was zo dichtbij dat ze zijn zweet kon ruiken, één verkeerde beweging of een geluidje en hij zou haar ontdekken. Ze hoorde de Duitser door de lades rommelen. Hij smeet de lades weer dicht, gefrustreerd dat hij niets kon vinden. Toen verliet hij de secretarie zonder nog één woord te zeggen.

Een zucht van opluchting ging door de secretarie. Een

medewerker hielp Kris omhoog. Trillerig stond ze op en ze keek naar de andere personeelsleden, die naar het raam aan de voorkant van het gemeentehuis waren gelopen. Meneer Roemer hield Kris tegen toen ze ook naar het raam wilde lopen.

'Het is beter als ze je niet zien,' zei hij streng. 'Je moet nu zorgen dat die lijst veilig naar buiten komt. Het gevaar is nog niet geweken, ze zoeken de burgemeester ook nog steeds.' Bij het raam begon een van de vrouwen opnieuw te snikken. Een van de mannen kwam naar meneer Roemer en Kris. Hij zei dat de Duitsers vertrokken waren en dat ze Bert hadden meegenomen. Verslagen zuchtte meneer Roemer.

'Dit is het beste moment voor jou om te vertrekken,' zei hij met een gebroken stem. 'Ze zijn nu weg, maar er zullen nog steeds Duitsers op straat zijn, dus zorg dat je die lijst in veiligheid brengt.'

Kris gaf meneer Roemer dankbaar een hand en liep toen snel naar beneden.

In de hal zat de vrouw achter het bureau onbedaarlijk te snikken. Ze merkte niet dat Kris de hal doorliep naar de voordeur. Bij de voordeur nam ze even de tijd om diep in te ademen. Ze had geen plan. Het leek haar het beste om terug te gaan naar boer Pals. Hij zou wel weten wat hij met de lijst moest doen. Ze duwde de zware deur open en liep naar buiten. Kris moest moeite doen om rustig te lopen. Ze kwam langs de boerderij waarachter zij en Bert hadden geschuild. Achter de boerderij keek ze snel om zich heen. Er was niemand te zien, behalve een boer die verderop op het land aan het werk was. Snel rende ze naar het wankele bruggetje. Daar aangekomen, stapte ze net op de eerste half verrotte plank toen ze achter zich voetstappen hoorde.

'Halt,' hoorde ze een man roepen.

Kris besefte dat ze ontdekt was door de Duitsers. De envelop jeukte in haar bloes en ze wist dat ze maar één kans zou krijgen om die kwijt te raken. Ze stapte, alsof ze de man niet had gehoord, op de brug, deed drie stappen en wankelde toen. Ze zwaaide vervaarlijk met haar armen en liet zich toen over het bovenste touw in de stroom vallen.

Het koude water gaf haar een schok, maar ze zwom meteen naar de bodem. Daar zocht ze met haar handen in de modder. Net voor ze het wilde opgeven, vond ze wat ze zocht. Ze trok de envelop uit haar bloes en duwde die in de modder. Daarna legde ze de steen, die ze net had gevonden, boven op de envelop. Pas toen liet ze zich langzaam naar het wateroppervlak drijven. Proestend kwam Kris boven. Ze zag een man, in een Duits uniform, die vanaf de waterkant naar haar stond te kijken. Hij stak zijn hand naar haar uit om haar uit het water te helpen, maar Kris negeerde zijn hulp. Ze waadde door het ondiepe water aan de rand van de stroom en probeerde zich op te trekken aan een paar rietstengels. Toen ze bijna uit de stroom was, kwam ze met een schoen tussen twee stenen vast te zitten, de rietstengels knapten en Kris verloor haar evenwicht. Ze viel voorover op de wal met haar hoofd op een zwerfkei. Ze zag nog net hoe de Duitser zich over haar heen boog voor alles zwart werd.

Toen Kris bijkwam, zag ze nog steeds een schaduw over haar heen hangen. Even dacht ze dat het de Duitser was, maar een bekende stem riep haar naam. Toen haar ogen weer konden focussen, zag ze dat het Sander was. Was het dus toch allemaal maar een droom geweest? Sander tastte voorzichtig haar achterhoofd af, op zoek naar bloed of een bult.
'Het valt wel mee, maar dit was bizar!' riep hij uit.
Toen onderzocht hij haar enkel. Kris bewoog de enkel even.

Ze merkte dat die wel wat stijf aanvoelde, maar ze voelde geen pijn. Wat was er gebeurd? Ze voelde zich gedesoriënteerd, alsof ze niet thuishoorde in deze tijd. Aan de andere kant: dit wás haar tijd, daar waar ze leefde en thuis was. Ze kende deze mensen, maar voelde zich meer verbonden met Bert, boer Pals en meneer Roemer. Langzaam kwam ze overeind en ging zitten. Nog wat duizelig zag ze dat ook Claartje en Robin haar bezorgd aankeken. Kris probeerde haar gedachten te ordenen en besefte dat de mist was opgelost. Ineens wist ze hoe het met Bert was afgelopen. Ze begon onbedaarlijk te huilen terwijl Sander naast haar ging zitten.

Eenmaal gekalmeerd begon ze haar verhaal te vertellen. Haar droom was zo levensecht geweest dat ze het gevaar werkelijk had gevoeld. Dat ze Bert niet had kunnen redden, voelde als een ondraaglijk verlies.

Ze had het verhaal van Bert al zo vaak in haar klas verteld en toch had ze zich er, in deze bizarre droom, niets van kunnen herinneren. Feitelijk wist niemand waarom Bert, ondanks de waarschuwingen, het gemeentehuis was binnengelopen. Kris nam aan dat haar droom haar naar een mogelijke verklaring had gebracht.
'Nadat hij was meegenomen door de SD werd hij een tijdje in Assen gevangen gehouden. Daarna werd hij in juni 1944 overgebracht naar het concentratiekamp in Vught,' vertelde Kris nadat ze in detail over haar droom had verteld.
'Dat was een SS-kamp. Op 22 augustus om kwart over acht 's avonds werd hij daar gefusilleerd. Hij was pas 23 jaar oud.'
Geen van de medewandelaars had Kris tijdens haar verhaal onderbroken. Ademloos keken ze haar aan, terwijl Kris haar tranen wegveegde met de mouw van haar favoriete jurk. 'Het

was zo bizar,' zei Kris, 'dat ik het nog steeds niet kan bevatten.'

'Nou,' zei Sander, 'het wordt nog erger! Toen je met je hoofd tegen Robins' hoofd klapte, raakte je buiten bewustzijn. Het was maar even, maar toen je bijkwam was je volledig in de war. Claartje noemde je Kris, maar jij bleef volhouden dat je Tina werd genoemd.'

'Christina,' vulde Claartje het verhaal van Sander aan, 'Tina was haar roepnaam.'

'Oké,' ging Sander verder, 'je vertelde ons dat je door iemand tegen de grond was gegooid en toen je bewustzijn verloor. Je beschuldigde een van ons daarvan. Je was zo in de war, je herkende de omgeving niet en wist niet meer wat je hier deed. Je dacht dat je onderweg was naar een boer in Aalden om maïs te halen voor het avondeten. Je moeder had je gestuurd en je ervoor gewaarschuwd om niet door het bos te gaan. Dat was de kortste weg en daarom had je niet naar je moeder geluisterd.'

Kon dit waar zijn? vroeg Kris zich af. Had zij van plaats gewisseld met Christina?

'Je verloor opnieuw je bewustzijn toen we op weg wilden gaan naar de plaats waar Ippe woonde. Wat er precies gebeurde, weten we niet. En toen... tja,' zuchtte Sander, zijn verhaal beëindigend, 'toen werd je weer jezelf!'

'Ippe?' vroeg Kris verbaasd? 'Wie is Ippe?'

Sander stond op en sloeg het vuil van zijn broek. Hij draaide zich weer om naar Kris en stak zijn hand uit om haar overeind te helpen. Kris maakte dankbaar gebruik van zijn gebaar en pakte zijn hand. Op het moment dat hun handen elkaar raakten, voelde ze een schokje. Verbaasd keek ze Sander aan. Op zijn gezicht zag ze dat hij hetzelfde had gevoeld. Onzeker keek hij weg van haar onderzoekende blik en hij liet snel haar hand los.

'Robin en jij zijn met jullie hoofden tegen elkaar gevallen,' begon Sander met een overslaande stem. 'Jullie waren allebei even volledig van de wereld. In die korte tijd hebben jullie allebei een bizar avontuur meegemaakt.'

'O,' zei Kris, ze wist zich niet goed een houding te geven nu de warmte van Sanders' hand zo abrupt verdwenen was. Ze draaide zich naar Robin.

'Vertel. Ik wil graag weten wat jij hebt meegemaakt.'

'Laten we naar de plaats lopen waar Ippe woonde,' begon Robin. 'Onderweg vertel ik je er alles over.'

'Ja,' mengde Claartje zich in het gesprek, 'laten we doorlopen, want de energieën op deze plek zijn veel te sterk. Ik voel het duidelijk!'

Sander had ondertussen zijn telefoon gepakt en zocht op Google Maps. Robin keek over zijn schouder mee en wees naar een plek op het scherm.

'Daar wil ik heen! Ik weet zeker dat we Cicero daar kunnen vinden!'

Cicero? Ippe? Kris begreep er niets meer van, maar ze werd wel steeds nieuwsgieriger. Claartje maande de wandelaars om te vertrekken.

'Kom op, mensen. Laten we gaan.'

Kris luisterde ademloos naar Robin toen hij haar vertelde over Ippe en Cicero. Hij had zich net zo verbonden gevoeld met Ippe als zij met Bert. Hij voelde hetzelfde verlies als zij. Terwijl hij zijn verhaal afsloot, merkte ze dat Robin veranderd was door de ervaring. Hij leek volwassener. Was zij ook veranderd? Ze maakte zich in ieder geval niet druk over hoe ze eruitzag. Haar sandaaltjes bungelden aan twee vingers van haar linkerhand en haar jurk had grasvlekken door de val. Het was makkelijker om het wandeltempo bij te houden zonder die onhandige sandaaltjes en die vlekken kreeg ze er wel uit met wat afwasmiddel.

Ze keek naar Claartje en Sander die voor hen liepen. De wrevel die ze in eerste instantie voor de twee had gevoeld, was verdwenen. Waren zij geraakt door de verhalen van Robin en haarzelf? Was de houding van Sander en Claartje ten opzichte van Robin en haar veranderd door hun belevenissen? Ze wist het niet en ze wilde zich er ook niet druk om maken. De ervaring met Bert zou haar bijblijven tot haar dood.

Plotseling stopte Sander. Ze waren op een open plek aangekomen waar een picknicktafel stond.

'We zijn halverwege,' merkte hij op terwijl hij weer op zijn telefoon keek. 'Ik denk dat we even moeten stoppen om een broodje te eten.'

'Ik heb geen honger, maar ik wil wel graag wat drinken,' zei Claartje. 'Tenminste, als er kruidenthee of behoorlijk mineraalwater in het lunchpakket zit.'

Claartje ging aan de picknicktafel zitten. Robin ging, met een knipoog naar Kris, naast Claartje zitten. Daardoor werden Sander en Kris gedwongen om samen aan de andere kant te zitten. Kris voelde zich nog steeds ongemakkelijk sinds het schokje van hun handen. Sander weigerde haar aan te kijken, dus voelde hij zich waarschijnlijk net zo. Ineens keek Sander omhoog omdat er een vliegtuigje behoorlijk laag over hen heen vloog.

'Zo, dat is wel heel laag, zeg,' merkte Claartje op. 'Wat een waaghals!'

'Het doet me ineens denken aan het verhaal dat mijn oudtante ooit heeft verteld,' zei Sander met een meewarige glimlach. 'Ik was helemaal vergeten dat ze uit deze buurt kwam, eigenlijk.'

Robin klapte in zijn handen. 'Hé, joh! Het lijkt wel of we

allemaal een connectie met deze omgeving hebben.'
'Jaja,' zei Kris een beetje ongeduldig, 'laat Sander nou zijn verhaal vertellen.'
Sander ging een beetje meer rechtop zitten en keek nog even omhoog voordat hij begon.
'Mijn oudtante, Fenne, moet ergens in de twintig zijn geweest in het laatste jaar van de Tweede Wereldoorlog,' vertelde Sander. 'In die tijd van schaarste konden veel burgers moeilijk aan levensmiddelen komen. De boeren hadden daar uiteraard minder last van, omdat zij nog de mogelijkheid hadden om op hun eigen land het een en ander te verbouwen.'
'En dat realiseerde iedereen zich natuurlijk ook wel,' merkte Robin op.
'Inderdaad,' beaamde Sander, 'Fenne wist dus ook heel goed waar ze stiekem wel één of meer maïskolfjes vandaan kon halen.'
'Nou snap ik van wie jij je wilde haren hebt geërfd,' giechelde Kris.
'Ze vertelde me,' ging Sander verder, de opmerking van Kris negerend, 'dat ze er altijd in slaagde om onopgemerkt bij een maïsveld te komen.'

De onverschrokken piloot

Het was een route die Fenne regelmatig liep om melk bij een boer te halen. Ze wist dat er een veld met maïsplantjes lag, langs een deel van haar vaste route. In het begin kon ze de jonge maïsplantjes nog net zien door de kale begroeiing van de bosrand, omdat nog niet alle struiken hun volledige blad hadden. Maar naarmate de weken verstreken, kon ze de groei van de maïskolven op haar route steeds minder goed volgen.

Toch vond Fenne het steeds weer spannend om onopgemerkt naar het grote maïsveld te gaan. Om er te komen, moest ze zich wel eerst door een opening in een dichtbegroeide bosrand wurmen. Die speciale plek, die met één grote tak verborgen was, had ze toevallig ontdekt. Als je niet precies wist waar het was, liep je er zo voorbij en dat was dan ook de reden dat Fenne de opening gemarkeerd had met een aantal zwarte stenen. Om er zeker van te zijn dat niemand anders haar geheime pad zou ontdekken, had ze de stenen twee grote stappen links ervan neergelegd.

De smalle doorgang leek op een wand waar je alleen met zijdelingse stappen doorheen kon lopen, waarna je uitkwam op een kleine, open plek bedekt met lekker zacht mos. De plek sloot aan op een lang, smal pad, dat bijna doorliep tot aan het einde van de begroeiing. Het laatste stukje was overwoekerd met wilde bramen, maar voor Fenne was dit geen probleem. Ze had al gezien dat er een andere doorgang was, waardoor ze zonder kleerscheuren bij het maïs kon komen.

De lente was bijna voorbij en Fenne had al een paar keer tijdens haar wandelingen het maïs goed van dichtbij kunnen bestuderen. Ze wist dus dat ze nog even geduld moest hebben en de maïskolven voorlopig met rust moest laten. Ook had ze ontdekt dat ze niet de enige was die op de maïs aasde; ze had duidelijke voetafdrukken van anderen gezien.

Fenne probeerde te voorkomen dat ze zelf duidelijk herkenbare voetafdrukken zou achterlaten. Dat deed ze door op graspolletjes te stappen of door haar schoenafdrukken met iets te maskeren. Toch was dat nu niet haar grootste zorg, in dit jaargetijde werden de velden nog niet bewaakt. Dat probleem speelde pas tegen de zomer, wanneer het warmer werd en de tijd rijp was om de maïskolven te oogsten. Vanaf dat moment konden ze gegeten worden.

Het was duidelijk dat sommige mensen niet wisten wanneer de maïs op z'n lekkerst was, omdat ze al bij een paar planten had gezien dat één of meer kolven waren weggenomen. Ze schudde haar hoofd toen ze terug naar de bosrand liep om weer naar huis te gaan. Fenne schatte in dat ze nog ongeveer vier weken moest wachten, dan waren de eerste maïskolven rijp genoeg om te eten. Tot die tijd liep ze dan ook voorbij de plek waar de zwarte stenen lagen, vooral om de ingang van haar verborgen pad met rust te laten. Als je heel goed keek, kon je namelijk al een beetje de sporen zien van vertrapte plantjes en geplette bladeren.

Vorig jaar had ze een aantal keer een maïskolf weten te bemachtigen zonder betrapt te worden. Dat werd wel steeds moeilijker, omdat de twee zonen van de eigenaar, Jan en Klaas, een uitkijkpost hadden gebouwd. De houten toren was

behoorlijk hoog, waardoor ze het grootste deel van het veld
goed konden overzien. Behalve langs de bosrand: dat was de
enige plek waar je de korte oversteek naar het maïsveld kon
wagen. Al moesten de jongens op dat moment niet toevallig
met hun verrekijkers jouw kant opkijken. Je moest dus altijd
op je hoede zijn! Er waren plekken waar je je gemakkelijk
door de dikke begroeiing heen kon wurmen zonder dat de
doorns aan de bramenstruik je benen openreten. Die plekken
waren bij de broers bekend en daar was het dan bijna
onmogelijk om ongemerkt het veld in te schieten.

Haar vader had haar nooit verboden om op strooptocht te
gaan, ook al wist hij precies waar ze de maïskolven vandaan
haalde. Het was hun gewoonte om de goudgele kolven
stiekem te roosteren op het kolenvuur in zijn werkplaats en
lekker op te eten met een beetje boter, afgeroomd van de
melk die ze die dag had meegebracht. Eén keer liep ze bijna
tegen de lamp, toen ze meende te zien dat alleen de jongste
broer op de uitkijktoren stond. Jan, de oudste van de twee,
had ineens achter haar gestaan en ze had geen idee waar hij
vandaan was gekomen.
'Ik weet zeker dat je maïskolven hebt gestolen,' zei hij toen.
Geschokt had ze zich omgedraaid en verontwaardigd gezegd:
'Ik ben niet eens bij het maïsveld geweest.'
'Dat zeggen ze allemaal,' had hij met een brede grijns op zijn
gezicht gezegd.
Het was niet de eerste keer dat ze gedwongen was zich door
hem te laten fouilleren, iets wat hij maar al te graag bij de
meisjes deed. Het was wel de laatste keer dat ze dat jaar nog
een poging had gewaagd om aan maïskolven te komen. Een
week later was de maïs geoogst! Vandaag had ze gezien dat de
toren weer was opgebouwd, maar dat de twee broers hun
bekende plek nog niet hadden ingenomen. Ze liep naar huis

met een kannetje verse melk, dat voor haar gevoel na een tijdje steeds zwaarder werd. Zonder erbij na te denken, bracht ze het kannetje over naar haar andere arm.

•••

Fenne had haar kannetje vol met melk op een speciale plek in het bos gezet. Ze was blij dat haar verborgen pad door niemand was ontdekt en dat de zwarte stenen nog steeds haar onzichtbare ingang aangaven. Het was moeilijker om bij de open plek te komen, omdat de struiken de laatste vier weken flink gegroeid waren.

Ze vond het altijd heerlijk om over het zachte mos te lopen, het was bijna een super-de-luxe hoogpolig tapijt waar je overheen kon gaan. Ze had al in de verte gezien dat de gebroeders Koster in hun uitkijktoren waren, wat inhield dat de meeste maïskolven nu rijp genoeg waren voor consumptie. Ze controleerde haar speciale mes, dat ze van haar vader had gekregen. Vroeg in de ochtend, voordat ze op pad ging, had ze het mes nog een paar keer extra over haar vaders grote wetsteen getrokken. De leren houder zat strak tegen haar heup aan en daardoor kon ze blindelings haar mes trekken wanneer het nodig was. Het was een supermooi mes, al was het gepolijste metaal net een spiegel, dus moest ze extra uitkijken wanneer ze die in het maïsveld ging gebruiken. Eén verkeerde beweging in de felle zon en het mes verraadde je locatie al.

Resoluut stopte ze het mes terug in de leren schede en ze maakte zich klaar om het avontuur aan te gaan. Het pad was nog steeds prima begaanbaar. Zodra ze aan het einde van de bosrand kwam, zag ze tot haar ergernis dat haar mooie uitgang door een braamstruik was geblokkeerd. Door de natte warme zomer was alles heel hard gegroeid. Ze zuchtte diep omdat ze haar mes nu al moest gebruiken om de dikke stekelige stengels door te snijden, wat het mes botter zou maken. Gelukkig viel het mee en kon Fenne met één grote haal de meeste takken doorsnijden. Met een stevige stok duwde ze de scherpe stekels weg en kon ze de laatste meters zonder problemen doorlopen om bij het open gedeelte te komen, dat tussen het bosrandje en het maïsveld lag.

Ze had goed zicht op de toren, waar de twee broers de wacht hielden. Hun aandacht was duidelijk op iets anders gericht dan het maïsveld. Mooi, dacht ze, terwijl ze meteen de oversteek inzette en binnen een paar seconden in het veld was, waar de twee jongens haar niet meer konden zien. Voorzichtig richtte ze zichzelf een beetje op om te zien of een van de broers haar misschien tóch gespot had. Gelukkig keken de gebroeders Koster met hun verrekijkers in de lucht. Op dat moment besefte Fenne pas dat ze in de verte een vliegtuig hoorde dat duidelijk motorproblemen had. Dit was voor haar dé kans om snel en ongemerkt een aantal maïskolven af te snijden! Ze had er al een paar gezien die er perfect uitzagen; mooi vol van vorm en het pluimpje had de juiste kleur bruin. Toch bleef ze uiterst voorzichtig te werk gaan, om te voorkomen dat ze de maïsplanten per ongeluk aanraakte en de jongens iets zouden merken. Haar vlijmscherpe mes sneed moeiteloos door de onderkant van de maïskolven, alsof het zachte boter was. In een mum van tijd had ze haar drie uitgekozen exemplaren geoogst. Fenne keek nog even goed rond om er zeker van te zijn dat niemand haar had gezien. Opgelucht knoopte ze haar korte jack verder dicht, zodat ze de maïskolven kon wegstoppen. Als ze de onderkant van haar jack een stukje omhoogtrok, bolde het een beetje op waardoor haar buit nauwelijks te zien was.

Op het moment dat ze weer terug wilde gaan, was het vliegtuig veel dichterbij gekomen. Fenne realiseerde zich dat er iets goed mis was met het toestel. Nog nooit had een vliegtuig zó laag over Meppen gevlogen! Het geluid van de haperende motor was oorverdovend en ging gepaard met harde, onregelmatige knallen. Daarna zag ze ook de lange, zwarte rookpluim achter het eenmotorige vliegtuigje. Ze zag het bekende embleem op de zijkant en tot haar schrik begreep ze dat het niet de vijand was. Haar hart bonkte in haar keel toen ze ineens de piloot uit het opengeschoven raam naar buiten zag tuimelen.

'Nee!' schreeuwde ze toen ze de man naar beneden zag storten, maar ze was opgelucht toen zijn parachute tóch nog openging.

Haar opluchting was van korte duur toen ze zag dat zijn parachute maar gedeeltelijk ontvouwde en hij met een enorme snelheid naar beneden stortte. De piloot ging dwars door een boomkruin en viel met een misselijkmakende smak op de grond. Een grote stofwolk schoot omhoog om daarna weer zachtjes naar beneden te zakken. Tegelijkertijd dwarrelde de witte parachute langzaam naar beneden en werd deze door het zachte briesje naast het gehavende lichaam van de piloot neergelegd.

Als een zombie liep Fenne naar de piloot. Ze wist zo goed als zeker, dat de arme man de enorme smak niet overleefd kon hebben. Ze had wel eerder een dode man gezien, maar dit vond ze wel heel wat erger; hij had immers gevochten voor het Nederlandse volk.

Ze hield haar adem in toen ze boven het hoge gras een punt van een zwarte laars zag uitsteken. Ze vermande zich om het verwrongen lichaam te aanschouwen en was totaal verrast toen ze de piloot daar zag liggen, met zijn ogen wijd open. Het was duidelijk te zien dat zijn lichaam er niet op een natuurlijke manier bij lag, maar zijn knappe gezicht was ongehavend. Zijn linkerarm leek onder zijn lichaam te liggen, terwijl de andere langs zijn lichaam lag. Zijn benen hadden overduidelijk de grootste klap opgevangen en waren zichtbaar op meerdere plekken gebroken. Ze probeerde er niet naar te kijken. In plaats daarvan staarde ze naar zijn bleke gezicht. Ze was gecharmeerd van zijn stoppelbaard; die paste goed bij zijn wilde bos haren. Ze vond de zwarte veeg die over zijn gezicht liep, best grappig; het deed hem er nog stoerder uitzien.

'Are you an angel?' zei hij met een verbaasde blik.

Fenne moest even lachen. Een engel? Zij? Door de spanning streek ze zenuwachtig met haar hand door haar lange blonde haren. Ze knielde naast de man neer en kon het niet laten om een plukje haar van zijn gezicht af te halen. Terwijl ze met haar wijsvinger naar haar borst wees, zei ze vriendelijk: 'Nee, ik ben Fenne.'

'Fenne,' herhaalde de piloot, terwijl zijn gezicht kort vertrok van de pijn. 'That's a very nice name.'

Ze moest er een beetje om lachen hoe hij haar naam uitsprak, maar vond het eigenlijk wel lief klinken omdat hij zo zijn best deed om haar naam correct uit te spreken.

'I'm Archie,' zei hij, terwijl hij zijn wenkbrauwen even op en neer bewoog.

'Dat is ook een leuke naam,' liet ze hem weten, al wist ze zeker dat hij haar niet kon verstaan.

'You are so beautiful,' sprak hij schor. 'Almost as beautiful as an angel.'

Fenne bloosde. Nog nooit had iemand zoiets tegen haar gezegd.

'Thank you,' fluisterde ze zachtjes. Ze wilde hem wel

vertellen dat hij ook knap was, maar durfde het eigenlijk niet, omdat ze niet wist hoe ze dat moest zeggen.

Zijn gezicht vertrok even van de pijn, maar toch vroeg hij: 'Where are you from?'

Ze had even moeite om te begrijpen wat hij nou precies had gevraagd, maar ineens wist ze het weer en beantwoordde ze zijn vraag met: 'I am from Zweeloo, Holland.'

'Oh,' zei hij, terwijl zijn gezicht oplichtte. 'Pretty girls are always from Holland!'

Ze giechelde als een tiener om zijn opmerking, ze wist dat hij maar aan het dollen was. Ze keek hem onderzoekend aan, omdat ze eigenlijk wel wilde weten waar hij vandaan kwam en vroeg: 'Uh... where you come... uh... from?'

Hij glimlachte toen hij begreep wat ze vroeg en zei, met enige moeite: 'I'm born in Centrahoma, a real small town in Oklahoma in America.'

Ze meende te verstaan dat hij in een heel klein dorpje was geboren, maar was de naam gelijk alweer vergeten omdat hij ineens een hevige hoestbui kreeg. Hij kreunde van de pijn.

Voorzichtig pakte ze zijn hand vast om hem wat morele steun te geven. Ze was geschokt door hoe koud zijn hand aanvoelde en zei bezorgd: 'You cold!'

'A little,' gaf hij toe.

Zonder erbij na te denken, schoof ze zijn arm onder haar rok en manoeuvreerde zijn koude hand tussen haar bovenbenen. Even rilde ze. Het was wennen om zulke koude vingers op te warmen, maar ze zei met een warme glimlach: 'Beter.'

'Uh huh,' antwoordde hij, terwijl hij zijn vingers zachtjes over haar zachte huid liet glijden. 'Nice.'

Ze bloosde weer omdat ze zich toen pas realiseerde dat niemand haar op die intieme plek ooit had aangeraakt. Ze liet het gebeuren omdat ze medelijden had met hem, omdat ze zeker wist dat hij de nacht niet zou halen. Het gaf haar een vreemd maar ook wel een fijn en vertrouwd gevoel te ervaren hoe teder hij haar warme huid streelde. De gelukkige expressie op zijn gezicht maakte voor haar alles goed.

'Fenne?' vroeg hij zachtjes.

'Yes, Archie?' zei Fenne bezorgd.

Hij slikte een paar keer, voordat hij zijn keel schraapte: 'Would you like to be my girlfriend?'

Geschokt zoog ze lucht naar binnen. Mijn hemeltje! Waren al die Amerikanen zo ongelofelijk direct? Ze wist niet wat ze daarop moest zeggen, ook al wist ze in haar achterhoofd wel dat het maar voor korte duur zou zijn.

'You know,' zei hij, terwijl hij zo kwetsbaar en lief naar haar keek. 'Then at least I can say to me old man I had a girlfriend.'

Ze moest even hard nadenken over wat hij nou precies bedoelde met 'old man'.

Was het zijn vader misschien? 'Your daddy?' vroeg ze.

Hij knikte langzaam en zei, terwijl hij naar boven probeerde te kijken: 'Yup, he's up there already.'

'Oh, oké,' zei ze langzaam toen ze begreep dat zijn vader al was overleden. Nu pas drong het tot haar door wat hij eigenlijk had gezegd: hij kon zijn vader nu vertellen dat hij een vriendin had. Ze wilde met haar ogen rollen totdat ze zich ineens realiseerde dat hij nooit vader zou worden.

'Really?' vroeg hij blij.

'Huh?' vroeg ze verward.

'You, my girlfriend?'

Ze keek hem recht in zijn diepbruine ogen en besefte dat ze niets anders kon doen dan zijn wens in vervulling laten gaan. Fenne boog zich over hem heen, daarbij steunend op haar linkerarm om te voorkomen dat ze op hem viel. Haar hoofd was maar een paar centimeter van de zijne verwijderd en haar blonde haar viel als een gordijn rond zijn gezicht. Met een

allerliefste glimlach knikte ze langzaam met haar hoofd om
hem te laten weten dat ze er geen bezwaar tegen had om zijn
vriendin te zijn. Ze rook een vreemde, maar ook een prettige
mix van olie en mint, toen hij fluisterde: 'My god, you're so
beautiful, Fenne.'
Ze kon het nauwelijks nog bevatten, maar voelde dat haar
hart sneller begon te kloppen toen hij naar haar glimlachte.
Ze hapte naar lucht, toen hij met zijn hand zachtjes in de
binnenkant van haar dijbeen kneep. Zijn lippen vormden een
ondeugende grijns: 'Sorry.'
Eigenlijk zou ze het niet erg vinden wanneer hij dat nog een
keer zou doen, maar ze durfde hem dat niet te vragen omdat
haar Engels zo slecht was. Uiteindelijk gaf ze hem een
neusknuffel en wist ze met lage stem niets anders uit te
brengen dan: 'Naughty boy!'
'Uh huh,' zei hij schor.
Ze bleven elkaar een tijdje verlegen aankijken, totdat zijn
gezicht plotseling vertrok van de pijn. Haar hart bonkte in
haar keel, omdat het duidelijk was dat zijn toestand snel
verslechterde.
Hij vroeg haar gehaast: 'Will you kiss me, Fenne?'
Ze hoefde daar niet lang over na te denken en bracht
voorzichtig, om haar evenwicht niet te verliezen, haar lippen
naar zijn mond. Ze kuste hem met haar ogen dicht en genoot
van het intieme gevoel. Ze richtte zich weer op, om zijn lieve
gezicht weer beter te kunnen zien en kon niet voorkomen dat
een dikke traan van haar wang op zijn gezicht viel, omdat ze
wist dat zijn einde nabij was.
'Don't cry, sweetheart,' zei hij teder met een warme glimlach,
terwijl hij haar nog een keer zachtjes in haar dijbeen kneep.
'You've made me very happy.'
Ze snikte even voordat ze hem weer een kus gaf, omdat ze
niet wist wat ze moest zeggen. Voorzichtig rustte ze met haar

voorhoofd tegen het zijne, totdat ze hem haar naam hoorde fluisteren. Snel tilde ze haar hoofd omhoog om hem aan te kunnen kijken. Zijn gezicht was ontspannen, alsof hij geen pijn meer voelde, maar zijn ogen keken haar nog steeds intens aan.

Hij had nauwelijks een stem meer, toen hij prevelde: 'Thank you, Fenne. Stay safe.'

Langzaam sloot hij zijn ogen en een paar seconden later verslapte zijn lichaam volkomen.

Met tranen in haar ogen sloeg Fenne een kruis en bracht ze haar handen samen om voor hem te bidden. Het was het laatste dat ze voor hem kon doen. Met een droevige zucht tilde ze zijn arm van haar benen en legde zijn hand boven op zijn hart. Ze was verdrietig omdat ze wist dat ze hem ging missen, maar ook blij omdat ze hem had kunnen geven wat hij zo nodig had. Ze bleef stil naast hem zitten, omdat ze hem niet alleen wilde laten. Ze haalde diep adem en veegde haar tranen weg met de mouw van haar jack. Ze streelde nog een keer liefdevol zijn arm.

Toen pas drong het tot haar door dat ze jongensstemmen hoorde die snel dichterbij kwamen. Ze begreep meteen dat ze zo dadelijk met de gebroeders Koster te maken zou krijgen. In paniek keek ze rond waar ze zo gauw de maïskolven kon verstoppen. Ze moest, koste wat het kost, nu niet betrapt worden. Ze greep haar mes en sneed snel een van de riemen van Archies parachute door, zodat ze haar hand onder zijn jas kon steken. Ze beet op haar onderlip toen ze de maïskolven onder uit haar eigen jack viste en ze prompt, één voor één, onder het zware vliegersjack van Archie stopte.

'Sorry, Archie,' fluisterde ze, toen ze de kolven nog net iets verder onder zijn leren jack duwde. Langzaam stond ze op en constateerde tevreden dat de maïs nauwelijks zichtbaar was.

Ze had geen flauw idee of ze ooit nog de kans zou krijgen om
ze weer onder Archies jas vandaan te halen, maar zij was nu
in ieder geval veilig. Ze wilde absoluut niet hebben dat Jan
haar weer met zijn grijpgrage vingers zou aanraken.

De gebroeders Koster waren nu nog maar een aantal meters
van haar verwijderd en de oudste zwaaide al wild met zijn
armen om haar aandacht te trekken
'Fenne!' riep Jan toen hij naar haar toe rende. 'Blijf van 'm
weg!'
'Waarom?' vroeg ze met opgeheven hoofd, om duidelijk te
maken dat hij niets over haar te zeggen had.
'Laatst heeft een piloot iemand doodgeschoten,' beweerde hij,
terwijl hij zijn armen over elkaar sloeg.
'Poeh,' zuchtte Fenne, haar voorhoofd afvegend. 'Toch maar
goed dat hij nu dood is.'
'Als-ie in het vliegtuig was gebleven, was-ie ook doodgegaan,'
zei Jan met een korte lach. 'Man! Wat een explosie was dat!'
'Is-ie echt dood?' vroeg Klaas, met een benauwd stemmetje.
'Archie is net voordat jullie hier waren overleden,' zei ze met
een droevige uitdrukking op haar gezicht.
'Archie?'
'Ja,' bevestigde ze met een dromerige glimlach op haar
gezicht. 'Hij komt helemaal uit Amerika.'
'Jij bent echt raar,' gromde Jan, 'Dan had je 'm niet eens
kunnen verstaan!'
'Misschien jij niet, maar ik kan best goed Engels, hoor,'
pochte ze, terwijl zij ook haar armen over elkaar deed.
Jan kneep zijn ogen half dicht en vroeg: 'Dat zal wel. Maar
zeg eens, waarom ben je eigenlijk hier? Zeker om maïskolven
te stelen, hè?'
'Nee,' zei ze kalm. 'Ik heb alleen maar melk gehaald.'
'Ik geloof er niets van,' zei hij met een nare grijns op zijn

gezicht. 'Je hebt er vast ergens één verstopt.'

Fenne keek hem onverschrokken aan en met een paar soepele vingerbewegingen maakte ze de knoopjes van haar jack los. Het was al een stuk warmer geworden, dus trok ze op haar dooie gemak het jasje uit.

'Gebruik die ogen eens van je en vertel me of je ergens een maïskolf ziet zitten,' brieste ze, terwijl ze hem met een uitdagende blik aankeek, met haar jackje achteloos over haar schouders geslagen. Haar dunne jurkje volgde sierlijk de contouren van haar borsten en sloot strak aan op haar heupen, waardoor het overduidelijk was dat er niets onder verborgen zat.

'Je kunt er altijd nog een tussen je benen hebben zitten,' antwoordde hij, grinnikend als een oversekste puber. Ook zijn broertje gniffelde mee, waarschijnlijk meer om erbij te horen.

'Doe eens even normaal!' siste ze vol afschuw. 'Wat ben je toch een vuile viezerik!'

'Fenne!' schreeuwde een zware mannenstem die ze direct herkende als die van haar oom. Opgelucht draaide ze zich in de richting waaruit ze zijn stem had gehoord en zag tot haar blijdschap zijn paard en wagen in een flink tempo op hen afkomen.

'Ho!' bromde haar oom, gekleed in een blauwe overal, om zijn majestueuze paard te laten stoppen. De zwarte vacht van de Fries weerkaatste in de zon toen ze vlak voor Fenne stopte. Fenne aaide het voorhoofd van de merrie, terwijl ze fluisterde: 'Hé, Dieske. Ik ben zo blij dat je hier bent.'

De merrie snoof zachtjes en duwde voorzichtig haar hoofd tegen Fenne aan, om haar vriendin te begroeten.

'Is alles goed daar?' vroeg haar oom toen hij van zijn kar afsprong. 'Ik zag die piloot naar beneden komen.'

'Ja hoor, ome Ruud,' antwoordde Fenne. 'Jan en Klaas kwamen alleen maar even kijken.'
'Oh, die heeft een flinke smak gemaakt,' zei Ruud met een diepe zucht toen hij Archies verwrongen lichaam zag liggen.
Fenne knikte met haar hoofd. 'Hij heet Archie en hij komt uit Amerika.'
Ruud keek geschokt naar zijn nichtje en vroeg: 'Leefde hij nog dan? Man, wat moet dat vreselijk voor hem zijn geweest.'
'Ik heb hem een beetje kunnen troosten,' zei ze zacht.
'Juist,' bromde Ruud. 'We moeten hem naar Zweeloo brengen, zodat hij kan worden begraven.'
Hij liep naar de beide jongens en begon instructies te geven: 'Jan en Klaas, ga alvast maar de parachute oprollen en Fenne, jij kunt me helpen met het verwijderen van de parachute.'
Fenne was even bang dat ze alsnog werd betrapt en reageerde daarop snel met: 'Laat mij de riemen maar doorsnijden, dan kunt u daarna de parachute lostrekken.'
Ruud lachte als een boer met kiespijn. 'Jouw mes is vast een stuk scherper dan die van mij,' merkte hij op en terwijl hij naar de prachtig versierde schede keek, mompelde hij in zichzelf: 'En dat kan ook niet anders, als je de dochter bent van de smid.'

•••

Gespannen zat Fenne naast haar oom op de kar richting Zweeloo. Ze keek over haar schouder achter zich, om zich ervan te overtuigen dat Archies lichaam nog steeds in het midden van de kar lag. Het was onwerkelijk om zijn slappe lichaam heen en weer te zien bewegen, terwijl ze hem kort voor zijn dood nog had gekust. Ze zag dat de opgerolde parachute netjes naast de overleden piloot bleef liggen, hoewel het door de wind enigszins bol was gaan staan.

Ze durfde haar oom niet aan te kijken. Hij was nog steeds boos op haar, omdat zij voor hun vertrek naar Zweeloo, eerst nog het kannetje melk moest ophalen. Volgens haar onterecht, omdat het haar hooguit een paar minuten had gekost om het kannetje van de geheime bergplaats te halen. Met een rood hoofd stond hij ongeduldig op haar te wachten toen ze terugkwam bij de kar. Zelfs Dieske had haar ongenoegen laten blijken, door luidruchtig naar haar te snuiven. Zonder een woord te zeggen, gingen ze beiden op de bok zitten. Terwijl haar oom Dieske aanspoorde om te gaan, keek Fenne nog even naar de toren, waarop de twee broers hun plaats weer hadden ingenomen. Ze moest toegeven dat Jan toch wel behoorlijk sterk was. Samen met oom Ruud had hij Archies lichaam op de kar getild.

Het werd toch nog even spannend voor Fenne toen ze meende te zien dat een van de maïskolven onder het jack van de piloot uitstak. Gelukkig bleek dat toch niet het geval te zijn en hielp ze haar oom om Archie weer enigszins stabiel in het midden van de kar te leggen.
'Hoelang heb je met hem kunnen spreken?' vroeg haar oom plotseling.
Verrast keek ze hem aan en ze zag dat de norse uitdrukking inmiddels van zijn gezicht was verdwenen. Ze keek weer voor zich uit en probeerde zich de intieme conversatie met haar overleden vriend voor de geest te halen
'Ik weet het niet precies,' zei ze, terwijl ze haar handen tussen haar knieën stopte. 'Een paar minuten misschien.'
'Hij was in ieder geval niet alleen,' bromde Ruud.
Fenne lachte kort voordat ze hem toevertrouwde: 'Hij dacht dat ik een engel was.'
'Maar dat bén je ook,' zei oom Ruud gekscherend, 'behalve

dan wanneer jij je oom een half uur laat wachten.'
'Oh!' zei ze onthutst, terwijl ze hem verontwaardigd aankeek.
'Het waren echt niet meer dan een paar minuten, hoor!'
'Wat heeft-ie nog meer gezegd?' vroeg hij, haar opmerking
negerend.
'Dat hij uit Amerika kwam en dat hij blij was dat hij zijn
vader zou terugzien,' antwoordde ze hem. Ze slikte een snik
weg omdat ze op datzelfde moment Archie, die met zijn ruwe
stoppels haar gezicht prikte, weer voor zich zag.
Ze zuchtte diep, terwijl ze naar haar benen keek. Ze mistte
Archies lieve glimlach nu al. Ze schraapte haar keel, om er
zeker van te zijn dat ze weer in staat was om te spreken en zei
schor: 'Daarna heb ik nog voor hem gebeden.'
'Dat was heel lief van je, Fenne.'
'Dat was het minste wat ik voor hem kon doen,' fluisterde ze
zachtjes. 'Hij heeft voor ons gevochten en zijn leven voor ons
gegeven.'
Haar oom sloeg zijn arm troostend om haar heen en trok
haar naar zich toe. Met een warme stem zei hij: 'Fenne, mijn
lieve engeltje.'
'Ome Ruud,' gromde ze, terwijl ze met haar ogen rolde. 'Ik
ben geen engeltje.'
Ruud lachte hartelijk en spoorde Dieske aan om vaart te
maken toen de kar de verharde weg opdraaide. Fenne genoot
van de frisse wind die door haar blonde lokken waaide en
wist dat ze deze keer heel wat eerder thuis zou komen dan
anders. Mét haar maïskolven!

•••

De trip naar huis verliep zoals elke trip met haar oom: een
lange reeks van begroetingen door de dorpelingen, die ze
onderweg tegenkwamen. Ook zag Fenne een aantal van haar

102

vriendinnen, die enthousiast naar haar zwaaiden. Als ze te voet was geweest, had ze met haar vriendinnen even gebabbeld en misschien wel iets afgesproken. Alhoewel dit er sinds de oorlog niet makkelijker op was geworden. Vandaag was alles anders; niemand kon zien dat ze een lijk vervoerden.

Het duurde niet lang voordat Ruud Dieske aangaf dat ze moest afremmen. Hij wist zijn kar zo te manoeuvreren dat deze precies voor Fennes huis stilstond.
'Ik zal de dominee vertellen wat je hebt gedaan voor de piloot,' zei hij, terwijl hij liefdevol met zijn hand op haar dijbeen klopte.
'Denk je dat ik hem nog een keer kan zien, voordat hij begraven wordt?' vroeg ze bedeesd.
Hij haalde zijn schouders op en zei: 'Ik zou niet weten waarom dat niet zou kunnen. We zijn toch nog wel even bezig om een graf voor hem te graven.'
'Wie is er dan dood, Ruud?' vroeg Fennes moeder, die naar buiten was gekomen.
'De piloot van het neergestorte vliegtuig, Maartje,' vertelde hij. 'Hij probeerde nog met zijn parachute zijn val te breken, maar hij was al veel te laag.'
Maartje keek naar Fenne en begreep onmiddellijk dat er meer aan de hand was. Ze wist dat ze er uiteindelijk wel achter zou komen wat er precies gebeurd was en besloot er nu geen aandacht aan te besteden.
'Wat aardig van je oom om je mee te nemen,' zei ze tegen Fenne. 'Dat scheelt je toch heel wat tijd!'
'Maar dat heeft ze wel verdiend, hoor,' gaf haar oom te kennen. 'Ze was bij de piloot toen hij nog leefde en heeft hem nog kunnen troosten.'
'Och, kind toch!' riep Maartje geschokt, terwijl ze Fenne in haar armen nam. 'Dat je dat nou hebt moeten meemaken.'

'Mam,' reageerde ze enigszins beduusd na deze emotionele uitbarsting. 'Archie is nu gelukkig bij zijn vader.'

'Toch mooi dat je oom net langskwam,' bromde haar vader, terwijl hij zijn zwager een vriendelijke klap op de schouder gaf.

'Ik moest nog zeggen dat je knap werk had afgeleverd, Hedde,' informeerde Ruud.

Fennes vader knikte nors. 'Ik neem aan dat je hem hebt gezegd dat dit echt de laatste keer was?'

Ruud lachte voordat hij dat beaamde. 'Heel Mantinge weet onderhand wat-ie gedaan heeft en ik weet zeker dat zijn vrouw hem nooit meer dronken het land laat ploegen.'

'Oh, daarom was jij er zo snel bij,' zei Fenne enthousiast.

'Ik was inderdaad al op de Mepperstraat toen ik hem uit het vliegtuig zag vallen,' antwoordde Ruud. 'Maar wat was dat nou tussen jou en Jan Koster?'

Fenne voelde haar gezicht warm worden toen ze verklaarde: 'Jan dacht dat ik maïskolven had gestolen.'

Hedde keek zijn dochter aan, terwijl hij resoluut zei: 'Zoiets doet mijn dochter niet.'

Fenne kende haar vader lang genoeg om te zien hoe trots hij op haar was dat ze niet betrapt was door de zonen van Al Koster. Het gaf een fijn gevoel toen hij haar stiekem een knipoog gaf en ze had grote moeite om niet in lachen uit te barsten, toen ze haar oom sarcastisch hoorde zeggen: 'Nee Hedde, vast niet!'

•••

Drie uur later liep Fenne naar de kerk om Archie nog één keer te zien. Ze wist niet zeker of ze de kans zou krijgen om de maïskolven onder zijn jack vandaan te halen, maar dat was ook niet de hoofdreden om naar hem toe te gaan. Daarvoor had de piloot haar leven te veel overhoopgehaald.

De hele oorlog, met al zijn beperkingen, was tot nu toe eigenlijk ongemerkt aan haar voorbijgegaan. Nu was er door deze verdomde oorlog een dappere piloot omgekomen en dat had Fenne van dichtbij meegemaakt. Het was haar eerste echte vriend, haar eerste kus. Ze had niet gedacht dat zijn dood haar zó diep zou raken. Zijn lieve, ondeugende lach stond voor altijd in haar geheugen gegrift.

Fenne stond voor de deur van de kerk en haalde diep adem voordat ze hem opendeed. Het gaf haar altijd een beklemd gevoel om door deze deur naar binnen te gaan, omdat je via dit gangetje direct in de rouwkamer terechtkwam. Ze liep op haar tenen naar de rouwkamer waarvan de deur wagenwijd openstond en stapte stilletjes naar binnen. Ze zag een ruwe houten kist op een metalen kar staan en ze moest zichzelf dwingen om ernaartoe te gaan. Ietwat onzeker liep ze langzaam naar voren. Ze was opgelucht toen ze zag dat haar Archie daadwerkelijk in de kist lag.

Geschokt keek ze naar zijn gewassen gezicht en ze was verbaasd dat zijn stoppelbaard verdwenen was. Ze moest er even aan wennen dat zijn dikke bos haar netjes gekamd was en dat zijn stropdas zo perfect was geknoopt. Hij zag er zo vredig uit en ze kon het niet laten om met de buitenkant van haar vingers langs zijn gladgeschoren wang te gaan. Ze was blij dat ze besloten had om hem toch nog een keer te gaan zien. Ze keek nog één keer intens naar hem en toen pas viel het haar op dat hij zijn zware vliegersjack niet meer aanhad!

'Ik zie niet vaak een overledene met een glimlach op zijn gezicht,' sprak een zware mannenstem.

Geschrokken draaide Fenne zich om naar de deuropening waarin de dominee stond, die haar al een tijdje geïnteresseerd stond op te nemen. Hij keek haar aan, liep met zijn handen op zijn rug naar de andere kant van de kist en zei: 'Jouw oom heeft mij verteld dat je hem hebt bijgestaan, in de laatste momenten van zijn leven.'

Fenne knikte bevestigend, terwijl ze naar haar geliefde piloot bleef kijken.

'Dat klopt, mijnheer. Archie en ik hebben met elkaar gesproken.'

'Zo te zien was hij een aardige man,' sprak de dominee rustig. 'Hij zal zijn vader inmiddels wel gegroet hebben.'

'Vlak voordat hij... ging, leek het alsof hij geen pijn meer had,' fluisterde Fenne.

'Hij was uit zijn lijden verlost, mijn kind,' legde de dominee uit. 'Ik ben je zeer dankbaar dat je voor hem gebeden hebt.'

Verbaasd keek Fenne de dominee aan, niet meer wetend wat ze hiermee aan moest.

Hij glimlachte, terwijl hij naar Archie keek en zei: 'Ik weet dat je een slimme tante bent, Fenne. Ik heb je zien opgroeien en het is mij niet ontgaan hoe goed jij met onverwachte situaties weet om te gaan.' Hij tikte zachtjes met zijn hand tegen het hout van de kist en vervolgde zijn betoog: 'Ik was dan ook niet verbaasd toen ik de drie verrassingen onder zijn jas vond.'

'Ik... ik...' stotterde Fenne.

De dominee legde zijn hand op haar arm en zei op een rustige toon: 'Ik moet zeggen dat ze er alle drie perfect uitzagen: mooi, vol van vorm en de kleur van de pluimen was precies goed.'

Fenne wist even niet meer wat ze moest zeggen en kon niet geloven dat de dominee haar glimlachend bleef aankijken. Het feit dat hij haar prees vanwege de kwaliteit van de maïskolven, was een ware openbaring voor haar. Dat had ze nooit achter hem gezocht! Wel vroeg ze zich af of hij misschien van plan was om de maïskolven zélf op te eten.

'Ik had wel verwacht dat je hiernaartoe zou komen,' sprak hij, terwijl hij langzaam naar een kast liep, 'maar het siert je dat je ook voor hem bent gekomen.'

Hij opende een van de deurtjes en pakte twee maïskolven van de plank. Terwijl hij ze aan haar gaf, zei hij: 'Het afleggen van een overledene is nooit iets wat ik graag doe, maar ik moet bekennen dat het de eerste keer is dat diegene mij heeft laten lachen. Dank je wel, Fenne. Ik hoop dat je begrijpt dat je me er wel eentje als vindersloon schuldig bent.'

Met open mond pakte Fenne de twee kolven aan en fluisterde: 'Dank u wel, mijnheer.'

'Nou, stop ze maar gauw onder je jasje, Fenne,' adviseerde hij. 'Het is beter dat niemand anders ze ziet.'

Ze was met stomheid geslagen dat de dominee haar zomaar met de maïs liet gaan.

'Normaal zou ik dit natuurlijk niet goedkeuren,' vertrouwde hij haar toe, terwijl hij zijn handen op haar schouders legde. 'Jouw barmhartigheid doet echter alles vergeven en vergeten. Nu, ga in vrede, mijn kind. Geniet van de maïs en doe de groeten aan je vader.'

●●●

Fenne liep, nog steeds een beetje beduusd door haar bezoek aan de dominee, naar haar vaders werkplaats. Het was duidelijk dat haar vader hard aan het werk was. De regelmatige hamerslagen waren al op grote afstand te horen. Het had Fenne altijd gefascineerd hoe uit een onooglijk stuk metaal, door er alleen maar op te slaan, zulke mooie dingen gemaakt konden worden. Ze stapte de werkplaats binnen en keek op een afstandje toe hoe haar vader een roodgloeiende staaf om de ronding van het aambeeld sloeg. Ze kon de spieren in zijn arm zien aanspannen bij elke slag die hij maakte met zijn hamer en wist dat hij ongelooflijk sterk was. Zijn favoriete truc was dat hij een hoefnagel roodgloeiend kon krijgen door er simpelweg met een hamer op te slaan. Ze snapte nog steeds niet hoe hij dat voor elkaar kreeg, maar de dominee had er al een paar keer dankbaar gebruik van gemaakt voor het aansteken van zijn sigaar.

'Hé, dochter van me,' zei Hedde toen hij de ijzeren staaf in het vuur had gestoken. 'Het was me het dagje wel vandaag, hè?'

'Hé, vader van me,' zei ze opgewekt, terwijl ze naar hem toeliep. 'Ik heb een verrassing voor je.'

Hij keek haar schuin aan, terwijl hij vroeg: 'Een verrassing?'

'Uh, ja,' zei ze, terwijl ze even naar de grote deuropening keek om te zien of er niet iemand toevallig langsliep. 'Ze zijn via een speciale dienst bezorgd.'

'Wat heb je nu weer gedaan, Fenne?' bromde hij.

Met een grote grijns op haar gezicht viste ze de twee maïskolven onder uit haar jasje en zei: 'Je moet de groeten hebben van de dominee.'

Heddes ogen vielen bijna uit zijn oogkassen toen hij ze zag. 'Hoe heb je dat voor elkaar gekregen?'

'Archie vond het niet erg dat ik ze onder zijn jas had gestopt,' antwoordde ze droogjes.

'Hoeveel?'

'Drie,' bekende Fenne. 'De dominee heeft er één zelf gehouden als vindersloon.'

Hedde begon zachtjes te lachen, onderwijl zijn hoofd schuddend. 'Fenne, Fenne toch. Wat zou je moeder zeggen als zij erachter komt?'

'Maar ik heb de zegen van de dominee!' verdedigde ze met een serieuze blik op haar gezicht.

De zon stond laag aan de horizon toen Fenne naar de begraafplaats liep. Ze was alleen gegaan. Haar moeder had voorgesteld om met haar mee te gaan, maar daar had ze vriendelijk maar toch ook dringend voor bedankt. Ze wist dat haar moeder er zeker nog een keer op terug zou komen en dat vond ze ook geen probleem. Ze had er bewust voor gekozen om de begrafenis van Archie niet bij te wonen. Het zou haar gekoesterde herinneringen aan hem alleen maar hebben verstoord.

Tijdens de wandeling naar het graf had ze een kransje gevlochten van wilde viooltjes. Het was een vrolijke cirkel van paarse en witte bloemetjes geworden, haar favoriete kleuren. Ze had langs de weg nog meer wilde bloemen ontdekt en toen ze de begraafplaats had bereikt, had ze een mooi bosje bij elkaar geplukt.

Ze moest even zoeken naar Archies graf, maar met de instructies van haar oom Ruud, had ze het graf al snel gevonden. Op het daarbij geplaatste houten bordje stond geschreven: 'Luitenant Arch B. Luper'. Ze was eigenlijk wel een beetje trots op Archie dat hij zo jong al luitenant was geworden. Ze vroeg zich af waar de B. voor stond, het zou haar niet verwonderen dat het Benjamin was.

Archie Benjamin Luper klonk best wel goed, vond ze.

Ze knielde naast het graf en legde haar geplukte bloemen op de vers omgewoelde aarde. Het bloemenkransje kreeg een speciale plek. Ze legde het schuin over het houten bordje.

Ze zuchtte diep, zich ervan bewust dat ze verder niets meer voor hem kon doen.

'Dank je, Archie,' zei ze zacht. 'Doe de groeten van mij aan je vader.'

Resoluut stond ze op en terwijl ze aanstalten maakte om weer terug naar huis te gaan, zag ze een jonge man met een grote krans over het kerkhof lopen. Rusteloos liep hij één voor één de graven af. Nieuwsgierig liep ze naar de jongen toe en bewonderde de prachtige krans die hij bij zich had.

'Hallo,' begroette zij hem. 'Kan ik je misschien helpen?'

De jongen keek verbaasd naar Fenne en toen weer naar de krans die hij vasthield.

'Uh, ja,' antwoordde hij een beetje verlegen. 'Ik moet deze op het graf van A.B. de Loeper leggen.'

Fenne begreep direct dat het voor Archie was, maar wilde graag weten wie zo'n mooie en dure krans voor Archie had besteld.

'Oh?' zei ze met een onschuldige stem. 'Die naam komt me niet bekend voor.'

'Ik weet alleen dat het voor een piloot is die hier vandaag ergens is neergestort,' zei hij, terwijl hij met zijn hand door zijn wilde bos blonde haren streek.

Fenne keek de jongen in zijn helderblauwe ogen en kon haar glimlach niet meer verbergen. Ze zei: 'Hij heette Archie B. Luper en ik weet waar hij begraven is.'

'Kende je hem dan?' vroeg hij verrast.

'Een beetje,' gaf ze toe.

'Wist je dat hij de bommenwerpers heeft begeleid?' vroeg hij enthousiast.

'Echt?'

'Ja,' bevestigde de jongen. 'Toch jammer dat hij het niet kan navertellen.'

Fenne bleef staan bij het graf van Archie en keek toe hoe de jonge man daarop respectvol de krans neerlegde.

'Zijn dit jouw bloemen?' vroeg hij.

Fenne knikte.

'Ik heb eigenlijk een scherp mes nodig,' mompelde hij, terwijl hij naar Fennes bonte verzameling bloemetjes keek.

'Neem de mijne,' zei ze, waarna ze haar mes uit de schede

haalde. 'Ik denk dat-ie nog wel scherp genoeg is.'

'Oh, oké. Dank je,' reageerde hij verrast toen hij voorzichtig het mes van haar overnam. 'Zo'n mooi mes zie je niet vaak.'

'Ik heb het van mijn vader gekregen,' gaf ze hem te kennen.

Hij testte even de snede van het lemmet met zijn duim en klakte met zijn tong. 'Mooi stukje vakwerk heb je daar. Het is een goed scherp mes.'

Dat heb je als je vader een smid is, dacht Fenne bij zichzelf. 'Ik ben er ook heel zuinig op,' merkte ze droog op.

Hij gebruikte een lange grasspriet om het bosje bloemen strak bij elkaar te binden en met een paar snelle halen van het mes had hij een punt aan het bosje bloemen gemaakt.

'Nu nog even een gat maken,' zei hij. Hij stak vervolgens zijn vinger in de krans om deze te vervangen door het samengebonden bosje bloemen. Fenne was diep onder de indruk van hoe hij het voor elkaar kreeg om haar bloemen zo mooi in te passen in het geheel.

'Die blijven nu wel een tijdje goed,' stelde hij tevreden vast. 'Er zit genoeg vocht in de krans voor een paar dagen.'

'Oh wauw, dat heb je echt heel mooi gedaan,' prees ze hem.

'Dank je,' antwoordde hij verlegen, terwijl hij haar het mes weer teruggaf. 'Jouw goede smaak wat bloemen betreft maakte het niet zo moeilijk.'

'Heb jij de krans gemaakt?' vroeg Fenne, terwijl ze weer opstond.

Hij knikte verlegen. 'Ja, nadat de vrouw van m'n baas de bloemen heeft uitgezocht, zij bepaalt hoeveel er in de krans mogen.'

'Ik vind hem echt heel mooi. Weet jij toevallig wie deze krans heeft besteld?'

Hij schudde zijn hoofd. 'Nee, mijn baas kreeg een telefoontje van iemand.'

'Oh, oké,' zei Fenne een beetje teleurgesteld. 'Het is eigenlijk ook niet zo belangrijk van wie het komt. In ieder geval bedankt dat je hem zo laat nog hebt gebracht.'

'Voor mij is het een kleine moeite,' reageerde hij nonchalant. 'Het was maar een klein beetje om.'

'Waar moet je nu nog naartoe?'

'Sleen,' gaf hij aan. 'Ik heb de motorfiets van de baas te leen.'

'Dat is inderdaad niet ver,' beaamde ze. 'Wat aardig van je baas om zijn motorfiets aan je uit te lenen.'

Hij lachte kort. 'Hij rijdt er al jaren niet meer op.'

Ze stonden nog even stil naar Archies graf te kijken, totdat hij mompelde: 'Ik moet maar eens gaan.'

'Ik loop met je mee,' zei Fenne.

'Oh, oké.'

Fenne had wel gezien dat hij niet alleen naar haar gezicht had gekeken, ze wist niet goed wat ze daarvan moest denken. Ze vond hem er aantrekkelijk uitzien met zijn leren broek en hij had ook indruk op haar gemaakt omdat hij in een mum van tijd van haar bosje bloemen iets moois had gemaakt. Zonder een woord te zeggen, verlieten ze samen de begraafplaats. Fenne was eigenlijk teleurgesteld toen ze zag hoe dichtbij zijn motorfiets stond.

'Mag ik vragen hoe je heet?' vroeg hij ineens.

Dat had Fenne niet verwacht. Ze was in dubio omdat ze zich eigenlijk nog verbonden voelden met Archie, maar ze besefte ook heel goed dat het leven gewoon doorging, ook zonder haar lieve piloot. Ze keek hem nog eens goed aan. Zijn helblauwe ogen stonden vriendelijk en ze vond zijn krachtige gelaatstrekken zeer interessant.

'Fenne,' zei ze zacht. 'En jij?'

'Tebbe,' antwoordde hij, terwijl hij de pothelm op zijn hoofd zette.

Ze vond het hilarisch hoe hij eruitzag met die helm, maar liet

het hem niet merken. 'Mooie naam,' kirde ze.
'Zal ik over twee dagen nog een keer komen kijken hoe de krans erbij staat?' vroeg hij langs zijn neus weg, terwijl hij op de motor stapte.
Fenne glimlachte. Voor haar gevoel knikte ze iets te enthousiast.
'Mooi, dat is dan afgesproken!'
Fenne vond zijn glimlach wel erg lief.
Hij startte de motor. Voordat hij aanstalten maakte om te gaan, schreeuwde hij boven het geluid van de motor uit: 'Waar kan ik je vinden, Fenne?'
'Ik ben de dochter van de smid.'
'Oh, oké,' riep hij met een grijns op zijn gezicht. 'Ik zie je overmorgen, Fenne!'
Voorzichtig reed hij weg en nadat hij linksaf was geslagen, zwaaide hij nog één keer naar haar.
'Tebbe,' sprak ze zachtjes uit. Die naam paste perfect bij de knappe blonde man die zonet naar Sleen was gegaan.

'Ik heb haar nog gevraagd of zij en Tebbe elkaar nog vaker hadden gezien,' vertelde Sander met een meewarige blik, 'en het bleek dat haar vader toch wat problemen met hem had.'
'Toch wel jammer,' zuchtte Kris. 'Hij was zo perfect voor haar.'
Claartje schudde resoluut haar hoofd. 'Mannen op een motor kun je beter mijden.'
'Een leren broek kan wel heel hot zijn, hoor,' opperde Robin. 'Zeker als diegene ook nog motor rijdt.'
'Dubbel zo onwelvoeglijk,' foeterde Claartje met een zuur gezicht.
Sander grijnsde even en zei, terwijl hij zijn telefoon raadpleegde: 'Laten we verdergaan. We moeten nog een eindje lopen voordat we in Oud Aalden zijn.'

'Welke kant moeten we op? Deze kant?' vroeg Kris, wijzend naar de weg recht voor haar.
Robin krabde op zijn achterhoofd, niet zeker wetend waar ze zich precies bevonden. 'Wie heeft het kaartje met de route?'
'Deze kant op,' antwoordde Sander kort en liep richting Oud Aalden.

Op zoek

'Dit is een es,' vertelde Sander met een weids gebaar naar het glooiende landschap aan zijn linkerhand. Hij schraapte zijn keel luidruchtig en vertelde: 'De zandgronden hier waren niet vruchtbaar, dus…'

'Hou nou toch eens op met doceren,' onderbrak Robin hem.

'Hé kalm jochie, we lopen hier omdat jij per se naar je dooie alter ego op zoek wil,' snauwde Sander. 'Onze oorspronkelijke route komt hier helemaal niet langs. We doen nu totaal niet wat M. van ons wilde en wie weet wat we nu allemaal missen dankzij jouw kopstoot.'

Kris legde haar hand op zijn arm en maakte een sussend geluidje.

'Kijk!' riep Claartje, die voor hen uit liep, enthousiast. 'Hier is weer zo'n gedicht. Deze heet 'De strieder van Aalden'. Strieder, wat betekent dat in normaal Nederlands? Och, hemel. Het is helemaal in het Drents. Ik word geen wijs uit dat dialect.' Tijdens het praten, gleden haar ogen over de versregels.

Robin sprintte de laatste meters naar haar toe en drukte Claartje bijna ruw aan de kant. Hij voelde de nabijheid van Cicero steeds sterker.

Claartjes ogen schoten van de tekst naar Robin en terug. Het leek wel alsof ze wit wegtrok. 'Hemeltjelief,' stamelde ze met haar hand voor haar mond. Sander en Kris verdrongen zich om de anderen heen, zodat zij de glazen plaat met tekst ook konden lezen. Ze deden hun best om elkaar niet aan te raken, maar in het gedrang konden ze dat niet voorkomen.

'Als ik het goed lees, ligt hier een krijger met schild en zwaard. Hij heeft zestienhonderd jaar onder de grond gelegen.' Sander fluisterde het bijna. 'Dit wist je!' Hij draaide zijn hoofd en keek Robin strak aan. 'Ben je hier al eerder geweest?'

'Nee! Hoe zou ik dit moeten weten? Google de feiten nog maar eens. Het klopt allemaal! Ik heb het gezien! Ik zweer het je! Ik was erbij. Ik was Cicero. Maar het is niet hier! Ik voel hier niks. Laat me even.' Robin sloot zijn ogen, draaide heel langzaam een rondje en deed telkens wat stappen om te ontdekken waar zijn gevoel het sterkst was. Aan het eind van het zandpad sloeg hij rechtsaf. De anderen wisselden een blik en liepen achter hem aan.

Robin voelde zijn hart steeds harder kloppen. Het was alsof hij Ippe aan het eind van de zoektocht kon vinden. Hier op het pad zou er niks zijn. Het weiland rechts trok aan hem. Hij wilde er door het bos heen sluipen, maar er was net genoeg bewustzijn om Kris niet mee de bossen in te trekken. Die onhandige klungel zou haar nek nog breken als ze van het pad dwaalden.

'Daar!' Robin wees naar een plek in het veld, bedacht zich geen seconde en pakte de zwarte handgreep van het schrikdraad om de bovenste draad los te maken. Het handvat duwde hij in Sanders handen en hij zette het op een lopen. Achter in het weiland liet hij zich op zijn knieën vallen.

'Zeg, wat moet dat?' klonk een zware stem vlakbij.

Kris zag een gespierde man in een overall komen aanlopen. 'Och, mijn excuses voor het gedrag van mijn vriend.' Ze stak sussend beide handen voor zich uit en liep heupwiegend op de man af. 'Is dit uw weiland? Weet u of die strijder hier is gevonden? We zagen verderop het gedicht... Mijn vriend heeft een connectie met die geschiedenis.'

De man knikte bedeesd, keek nog één keer naar de indringer op zijn land en vertelde toen: 'Ja, daarzo. Ongeveer waar hij zit. Daar hebben ze die resten gevonden. Het was geen skelet meer of zo. Daarvoor was het te oud. Niet veel meer dan zwarte strepen in het zand. Wij woonden hier toen nog niet. Maar ik ken iemand wiens opa hier toen woonde. Ze zeggen dat de krijger een muntje op zijn lippen had. Zoiets deden ze geloof ik voor een voorspoedige overtocht naar het dodenrijk. In die bult zijn misschien nog meer resten te vinden. Ze hebben de grond met röntgen onderzocht. Er was alleen niet genoeg om alle kosten te verantwoorden. Wij mogen het weiland in elk geval niet te diep over de kop gooien.'

Na zijn relaas keken ze in stilte toe hoe Claartje naar Robin toe wandelde en hem overeind hielp. Toen ze hem naar het groepje terugleidde, waren zijn ogen rood en waterig.

'Nou, ik ga maar weer,' mompelde de eigenaar van het land. Hij voelde zich overduidelijk niet op zijn gemak bij dit stel vreemden. Kris legde een arm om Robins schouder.

'Het voelt echt alsof ik heb liefgehad,' fluisterde hij. 'Liefgehad en verloren. Ik heb een volledig leven geleefd. Die maanden waarover ik vertelde, daar was ik zelf bij, maar Cicero's volledige geschiedenis zit in mijn hoofd. Ik was er werkelijk. Echt.' Zijn ogen schoten rond. De twijfel bij de anderen leek te zijn afgenomen. Sander stond nog wat te googelen en Claartje keek over zijn schouder mee. Stiekem fascineerde het alwetende apparaat haar, al zou ze dat nooit hardop toegeven.

'Misschien weten we dan nu ook meer over de prinses van

Zweeloo,' mompelde ze dromerig. Ze maakte zich los van het scherm. 'En nu?' vroeg Claartje aan niemand in het bijzonder.

'Gaan we terug naar de route van M.?' vroeg Sander. Hij leek het vooral te vragen omdat hij zich met deze situatie geen raad wist. 'Ik ben wel benieuwd waar die ons heen leidt!'

De anderen knikten en kwamen weer in beweging. Kris deed haar best om Sanders grote stappen bij te houden. Claartje en Robin bleven een paar passen achter hen lopen.

'Wat een toneelstuk. Zou Robin door M. ingehuurd zijn om ons een loer te draaien?' vroeg Sander zacht. Kris voelde hun connectie opnieuw, nu zijn ogen zich in de hare vastklonken. Ze lachte haar meest vriendelijke glimlach en duwde deze keer bewust haar schouder tegen zijn arm.

'Heb ik jullie al eens verteld dat ik hier in de buurt heb gelogeerd?' Claartje had zich wat afzijdig gehouden, maar nu ze de verhalen van de anderen had gehoord, kreeg ze ineens de behoefte om ook een verhaal te vertellen. Wat een mooie plek was het hier. Verhalen aan elkaar vertellen schiep een band, ze voelde ... Tja, wat voelde ze nu eigenlijk?

'Jij hier gelogeerd?' De hoge stem van Robin verstoorde de stilte.

'Nou ja, niet precies hier, maar wel op de Hondsrug.' Ze draaide haar hoofd weg. Ze wilde niet dat de anderen zagen dat haar ogen vochtig werden. 'Weet je wat zo vreemd is? Ik voel me verbonden met deze plek, ik begrijp niet wat het is. Is het omdat we elkaar nu beter hebben leren kennen? In elk verhaal zit wel iets van onszelf, iets wat we belangrijk vinden. Jij, Robin, hebt iets met die strijder, misschien omdat jij ook hebt moeten strijden om jezelf te durven zijn. En jij, Kris, jij hebt bewondering voor iemand die z'n leven riskeert om mensen in nood te helpen. En Sander, zo'n mooie liefdesgeschiedenis zegt ook iets over jou.'

Claartje stopte en keek ze een voor een aan. Vanmorgen waren ze nog een stel individuen, maar door het delen van de verhalen waren ze een groep geworden. Claartje wilde daar ook bij horen.

'Ik wil jullie vertellen over Pien, iemand die ik gekend heb.' Claartje rechtte haar rug en begon te vertellen. Ze was geen Claartje meer, ze werd Pien.

Wachten op Okko

Ik ben Pien.

Vanmorgen greep de onrust me bij de keel. Een bekend gevoel voor me. Het gevoel dat je willoos wordt meegevoerd, dat je in een gesteldheid wordt getrokken waardoor je zo mogelijk nog meer in verwarring raakt. Dan weet ik even niet wie en waar ik ben.

De onrust gedraagt zich als een onverwachte logé die voorlopig niet van plan is te vertrekken.

Er zit maar één ding op: eraan toegeven en het omarmen. Toegeven is het laatste wat ik wil doen, het woord alleen al, toegeven. Het komt eenvoudigweg niet in mijn vocabulaire voor. En omarmen en geduld opbrengen om m'n tijd uit te zitten, wordt een kwelling. Een steentje in je schoen is daarmee vergeleken kinderspel.

Ik weet het best, *menzen* zien me als een zonderling. Ik zie mezelf anders, als een zelfstandig iemand, een entiteit in deze wereld vol onbegrip, ik begrijp soms niets meer van de *gebuertenissuh* om me heen en al helemaal niet van de *aenderuh*. Ik weet dat ik anders praat dan de mensen hier. Mijn oude leermeester Nicolaas van den Aardenne sprak de veertiende letter van het moderne alfabet op het einde van een woord ook niet uit. Het was niet inslikken, het was gewoon deze letter niet uitspreken.

De *aenderruh* zijn *n-o-essers* – niet ons soort – ze horen niet bij Nicolaas en mij. De *aenderruh* begrijpen ons niet, hoezeer en hoe vaak ik en Nicolaas het geprobeerd hebben om het uit te leggen. En ik kan me niet goed inleven in hun leven.

Ik zie er anders uit dan anderen, mijn grijze paardenstaart leg ik altijd over mijn linkerschouder als een golvende rivier van wijsheid. Mijn rok, in een mooie bruinbeige ruit, verbergt mijn dikke kuiten, gekweekt door de vele kilometers op mijn Birkenstock sandalen. Ik loop het liefst op blote voeten, maar dat kan niet altijd.

Ik wil dus niet toegeven aan de onrust en voel dat ik iets moet doen om deze beroering in mijn ziel de kop in te drukken. Een bezwering uitspreken, een gebaar misschien.

Iets naar je hand zetten is heel menselijk, ik begrijp dat. Ik heb er zelfs begrip voor, maar in dit geval? Nee, ik besluit mijn gevoel te volgen dat opwelt uit het niets. Ik heb ervaren dat ik erop kan varen, zeg ik altijd. Ik voel, dus ik ben, zoiets dus. Mijn gevoel vertelt me de waarheid. Daarom heb ik wat spullen en mijn jas gepakt.

Als in vervoering loop ik naar de bushalte. De bus van vijf minuten over het uur staat al te wachten. Hoelang is het geleden dat ik heb toegegeven aan de luxe van een busrit? Ik loop meestal en trotseer de kramp in mijn kuiten. Ik wil betalen aan de chauffeur, echter ze kijkt me glazig aan. Een vrouw als chauffeur heb ik nog nooit gezien. Het systeem is kennelijk veranderd. Vroeger kocht ik zo'n kartonnen kaartje met een stempel erop. De inkt van de stempel gaf altijd af op mijn kleding. Ik hannes wat in mijn tas, kijk wanhopig en schuldbewust naar de chauffeur. Ik moet een soort van bankpas hebben om mee te kunnen.

'Ik heb zo'n plastic ding niet, mevrouw.'

'Loop maar door,' zegt ze en beweegt haar hoofd waaruit ik veronderstel dat ik mee kan.

Ik kijk haar dankbaar aan en ga meteen op de eerste stoel rechts van haar zitten, hoog op het voorwiel met een goed zicht op de weg. De ogen van de andere passagiers steken in mijn rug. Ik heb heus door dat ik word bekeken alsof ik een indringster ben, niet van hier, een vreemd gevaarlijk sujet uit een andere wereld. Dan ook nog gratis en voor niets mee mogen. Waar de reis naartoe zal gaan, weet ik niet. Het toeval zal me leiden en mijn gevoel zal me zeker op tijd aangeven waar ik moet uitstappen. Na een half uur – het kan langer zijn geweest, misschien wel anderhalf uur, ik ben kennelijk even weggedut – vraag ik aan de chauffeur of ze bij de eerstvolgende halte wil stoppen.

Het bordje Zweeloo staat aan de kant van de weg en even later stap ik uit. De bus trekt op en verdwijnt al snel de bocht om.

Daar sta ik dan. Ik heb werkelijk geen idee waar Zweeloo in het landschap ligt. Ik aard me altijd eerst als ik ergens kom waar ik nog nooit geweest ben. Ik blijf staan en doe mijn ogen dicht om één te worden met de natuur en de omgeving. Ik snuif lucht naar binnen en verwachtte frisse buitenlucht. Ik kokhals bijna, de rurale mestlucht en de diesel van de bus, die nog was blijven hangen, prikken in de slijmvliezen van mijn keel. Ik zet een paar stappen, spreid mijn armen en draai me om. Daar is de onrust weer, ik ben goed bezig.

'Pien, omarm de onrust, de verwarring, ga op je gevoel af,' zeg ik tegen mezelf. 'Doe wat je moet doen, voel de pijn, de onrust, aanvaard het verdriet.' Het is net alsof Nicolaas tegen me praat. Kon hij dit maar meemaken. Het zou zeker een bijzondere dag worden.

Ik pak mijn pendel. Nicolaas heeft me deze bijzondere opgepoetste druppel gegeven toen hij wist dat ik ermee om kon gaan. Ik ben daarin een natuurtalent, zei hij een keer. Het is een reliek voor me, van hem, van onze bijzondere band. Die was zuiver platonisch, hoor, uiteindelijk zonder animale begeerte. Hij was net gestorven en lag in de koelte van zijn kist. De mevrouw van het uitvaartcentrum liet ons even alleen, ik heb hem een kus op zijn blauwwitte lippen gegeven. Het was mijn laatste kans om toe te geven aan wat ik tijdens mijn leven al zo vaak had willen doen. Zelfs dood was hij aantrekkelijk, begeerlijk, als ik heel eerlijk ben. In mijn dromen wordt hij Okko genoemd.

Met de rechterarm voor me uitgestrekt, houd ik het koordje vast waaraan de pendel hangt. Loodrecht naar beneden. Nicolaas leidt me. Voorbijgangers op de fiets kijken me vreemd aan. N-o-essers, denk ik en loop verder.

Het gras is nog vochtig van de dauw van die ochtend. Het leer van de Birkenstocks wordt donker. Ik overweeg om op blote voeten verder te gaan. Nicolaas zou vast en zeker op blote voeten gelopen hebben om zich beter te kunnen aerduh. Nicolaas liep vaak op blote voeten, meestal zelfs helemaal zonder kleding. Eén zijn met zichzelf en met de natuur, noemde hij dat. Ik doe dat niet, ik ben wat kouwelijk aangelegd, op blote voeten lopen kan ik net verdragen.

Opeens begint de pendel onrustig te zwaaien. Vooral naar links. Ik volg de weg die de pendel aangeeft. Ik voel pijn. Ik weet het zeker, hier heeft iemand gelopen, met een grote smart in haar hart. Niet zomaar een verdriet, dit was wanhoop, intense wanhoop. De emotie overvalt me, ik doe geen moeite om het weg te slikken. Tranen lopen over mijn wangen. Snot komt uit mijn neus, met mijn tong veeg ik mijn bovenlip schoon.

Ik voel het hartzeer van toen. Zo intens. Om het verdriet toe te laten, doe ik mijn ogen dicht. Het wordt intenser, alsof het ook iets van mezelf is. Ik maak een voorstelling wat het zou kunnen zijn. Het is het geluid van lang geleden. Paarden sloffen over de zandwegen, alleen de hoofdweg is verhard. In de verte snijdt een fluitend geluid door de omgeving en even later komt het geknars van de wielen op de rails steeds dichterbij. Is dit werkelijk het geluid van een tram?

Voorzichtig doe ik mijn ogen weer open. Wil ik wel zien waar ik bang voor ben? Een zwart gevaarte rijdt uit een wolk van stof en stoom recht op me af. Ik probeer het gevaar af te wenden, er is maar één manier; springen! Ik aarzel, springen waarnaartoe? Steeds dichterbij komt de machinerie, dreigend, puffend, stoom en dampen voor zich uit briesend. Ik spring, niet alleen opzij, ik spring in de diepte van een voorbijgegane tijd.

• • •

Ik ben Rieks.

Deze tram van de Eerste Drentsche Stoomtramweg-Maatschappij is mijn thuis, ik ben de machinist. Mijn droom is om bij de spoorwegen op een echte stoomlocomotief te zitten, desnoods als kolenschepper, maar het liefst als machinist. De locomotief waarop ik nu zit, is veel kleiner. Het is een soort koektrommel met een schoorsteen. Een bel voorop en een hendel waarmee ik in het landschap de schelle fluit laat horen. We rijden hier op kaapspoor, smaller dan bij de spoorwegen, waardoor de tram en vooral de rijtuigen hobbelen en meer schudden dan bij een echte trein.

Enkele dorpelingen wilden de komst van de tram tegenhouden. Wat was het nut, het ging toch goed zo? En wie zou er allemaal naar dit dorp kunnen komen: vreemde snoeshanen, schilders en andere nietsnutten? Deze dorpelingen hadden de strijd tegen de vooruitgang verloren;

het spoor was er toch gekomen. Enkele maanden later reed de tram door het dorp, er was zelfs extra versiering aangebracht als een warm welkom.

Zodra de fluit te horen is, houden de boeren hun paarden kort aan hun leidsels. Moeders sommeren hun spelende kinderen naar de dam naast de huizen en boerderijen. De boeren hier willen niet dat ik al van verre de komst van mijn tram aankondig, het gerammel en vooral de stoomfluit maken de koeien schrikkerig en de melk zuur, zeggen ze.

Ik ben altijd op mijn hoede als ik hier door de dorpen rij, voor je het weet rijgen ze je aan de vork of smijten ze je de mestbult op. Er is al eens een loslopende koe onder mijn tram gekomen. Wat een trammelant heeft dat gegeven.

Eldert is mijn kolenschepper, een sterke knaap van negentien jaar oud. We rijden bijna altijd samen. Bij het halteren loert hij naar buiten, zijn ogen spieden rond op zoek naar een mooi gezichtje.

De rit vanuit Schoonoord voert ons door de landerijen naar Wezup. Een korte stop en dan luid ik de bel, een korte stoot van de fluit, Eldert doet er een schepje bovenop, ik laat het vuur loeien, een stoomwolk ontsnapt van onderen en de walm van de kolen wordt de korte schoorsteen door geperst. Langs de bomenrij dendert ons zwarte gevaarte, de wagons hobbelen achter ons aan, drie personenwagons en een goederenwagen.

De jonge vrouw met het kleine meisje was me al bij het instappen opgevallen. Wat een mooie vrouw, dacht ik, zou dat kleine meisje haar dochtertje zijn?

Ook Elderts zwarte gezicht klaarde helemaal op toen hij haar zag. Hij stootte me aan. 'Daar wil ik mee gaan dansen,' zei hij.

'Ze heeft een klein meisje bij zich,' zei ik, in een poging zijn driften wat te beteugelen. Ik ben ook jong geweest en ken de teleurstellingen.

Eldert liet zich niet ontmoedigen. 'Misschien haar zusje,' zei hij hoopvol.

Haar opgestoken haar zit goed onder haar hoed, haar kleding is van de laatste mode, dat kon ik zo al zien. Ik kom weliswaar uit het veen, maar weet wat mooi is. Haar fijne gezicht valt het meest op.

Als we de bocht doorgaan, kijk ik naar achter. Ze kijkt verwachtingsvol uit het raam. Ik herken het. Het aankomen op de bestemming is het inlossen van een afspraak, een belofte. Het resultaat is óf een meevaller óf een tegenvaller. Dat is het leven, zegt mijn vader altijd.

We gaan zo het bruggetje over, nog even de bocht door en daar is de wissel voor het café. De volgende halte.

Ik let niet goed op. Dat stomme mens staat midden op de trambaan. Ze heeft een touwtje met een gewicht in haar hand. Het lijkt op de pendel van die oude heks in het bos. Haar rok is te kort, onzedelijk om er zo bij te lopen. Dat niemand er iets van zegt. Ze lijkt uit een andere wereld te komen. Met het grijze haar is ze net mijn opoe. O nee, mijn opoe loopt niet op blote voeten, dat zijn toch geen schoenen.

Ik rem. Knarsend staat de locomotief stil, de wagons duwen de locomotief verder en ik vrees het ergste. Dit kan ze niet overleefd hebben. Achter me hoor ik gevloek en tumult uit de wagon komen. Er waren al passagiers opgestaan om hun koffer uit het rek te pakken. Eldert vliegt tegen me aan.

Ik stap uit, kijk onder de locomotief, onder de wagens, tussen de buffers. Niemand te zien. Die vrouw is nergens meer te bekennen. Het was toch geen spook?

Langzaam zet ik de locomotief weer in beweging.

•••

Ik ben Harrie.

In dit logement ben ik de bediende die de uitgestapte gasten van koffie of jenever voorziet. Ik droom van werken in een echt hotel, waar obers in wit gesteven overhemden en zwarte pandjesjassen de clientèle bedienen. Clientèle, ik weet niet of ik dat moeilijke woord goed uitspreek voor de dames en heren met geld. Ik ben niet verder gekomen en zit ik vast in dit café. Of ik moet de tram nemen en Zweeloo voorgoed achter me laten.

Vroeger kwamen de reizigers met de koets, dat was voordat de tramlijn werd aangelegd. We waren er altijd al voorstander van, maar die boeren hielden het tegen. Het zou te gevaarlijk zijn. En te duur. Ik zwijg erover, want ik wil de boeren te vriend houden. Als de oogst is binnengehaald en het graan is verkocht, stroomt hier de jeneverfles leeg en de kas vol.

De tramhalte ligt voor de deur, een betere plek is er niet. Net voor de plek waar de tram stilstaat om de reizigers in en uit te laten stappen, ligt een wissel. Zo kunnen twee trams elkaar passeren of tegemoetkomen. De fluit op de locomotief is binnen goed hoorbaar. Ik ga dan bij de deur staan. Zogenaamd om de gasten te verwelkomen, maar in feite om te zien hoe de passagiers moeite hebben hun evenwicht te bewaren als de tram over de wissel rijdt. In een wolk van stoom en stof stappen ze uit. Ze kijken opgelucht om zich heen, blij dat ze het heen en weer geschud hebben overleefd. Het zijn meestal mannen die uitstappen, om zaken te doen, hun handelswaar aan de man te brengen. De meeste van hen ken ik, ze komen hier al jaren. Al komen ze pas hier wat drinken als ze hun handel hebben beklonken met een handdruk en een handtekening. Soms komen mannen binnen op zoek naar tijdelijk werk. Werk wordt liever aan bekenden gegeven dan aan onbekenden die uit de tram

stappen. Als een man enkel om een glas water vraagt, wil ik
dat diegene zo snel mogelijk de deur uitgaat. Er zijn maar
weinigen die zich een rit van Assen naar Coevorden kunnen
veroorloven, de één gulden vijfendertig kan beter hier in de
herberg worden achtergelaten voor jenever dan uitgegeven
worden voor een tramritje naar Coevorden. Of naar Assen.
Vandaag staan ze er niet, al het werk voor dit seizoen is al
verdeeld. Anderen kijken verbaasd om zich heen waar ze nu
weer terecht zijn gekomen. Het zijn onbekenden voor me.
Meestal komen ze meteen naar binnen, om bij te komen van
de rit.
Hier is ooit een beroemde Duitse schilder geweest. Op zoek
naar het authentieke, zei die man. Hij schilderde vrouwen en
kinderen uit dit dorp. Je kunt beter een mooi vergezicht of
een mooie mevrouw of meneer schilderen, niet die dorpslui.
Daaraan besteed je toch niet je kostbare verf? Hij was erg rijk,
dat zag ik aan zijn manieren, aan zijn kleding, hij at zelfs met
mes en vork, hier doen ze dat niet. Dat was zeker vijftig jaar
voor de tram werd aangelegd.
Soms stapt er een vrouw uit voor familiebezoek, al gebeurt
dat hier niet vaak. Niemand van hier heeft verre familie, ze
blijven in het dorp of in de omgeving. Men trouwt hier met
iemand uit het eigen dorp of uit de dorpen eromheen.
Vandaag is er tumult bij het uitstappen. Ik hoor dat een
ongeluk maar net voorkomen kon worden. De machinist
heeft zo hard moeten remmen dat ze van hun bank zijn
gevallen. De uitstappers kloppen de stof van hun kleding en
vluchten zowat mijn café binnen. Kijk, dat mag vaker
gebeuren, een borrel helpt de schrik verjagen.
De tram vertrekt na een korte stop, het stof waait weg en het
zicht wordt helder. In de verte klinkt de korte stoot van de
stoomfluit als afscheid. Een tengere jonge vrouw blijft staan.
Ze heeft een klein meisje vast.

De vrouw kijkt om zich heen, ze lijkt iemand te verwachten, maar wie? Ze trekt de aandacht van de mannen die aan hun vaste tafel zijn gaan zitten.

Ze vertellen opgewonden tegen elkaar hoe de tram plots moest remmen. Waarvoor? De een had een donkere gedaante gezien, die was meteen weer verdwenen en niet meer te vinden. Een ander, die met een baard, vertelde dat de machinist was uitgestapt en tussen de wielen keek. Schouderophalend was de machinist weer op de locomotief geklommen. Wat het ook geweest was, het was er niet meer. Was het een mens? Misschien een dier dat weggerend is? Als het een ree was, dan wil ik die wel als extraatje voor mijn gasten. Dat zal wel niet, zo dicht in het dorp. Ze komen er niet uit wat het geweest kan zijn. Ze waren er blij om dat de tram niet is ontspoord.

Als ik weer door het raam naar buiten kijk, staat ze nog steeds daar. Het kleine meisje probeert zich los te maken, maar de vrouw houdt haar stevig vast. Is het haar dochtertje?

Ze is mooi, kan ik zeggen. Oogverblindend en adembenemend zelfs. Dat deze vrouw in ons dorp komt, kan ik en geen van de mannen aan tafel bevatten.

Ze kijkt rond, loopt op en neer over de straat, ze is een en al onrust.

Ik kan het niet aanzien en wil naar buiten gaan.

Tot mijn verbazing loopt ze richting het café. De andere gasten zien het ook en stoppen meteen met praten. Ze draaien hun hoofd nieuwsgierig richting de deur.

De deur gaat open, de vrouw en het meisje komen binnen.

'Ach wichien, kom der in. Op wie sta je te wachten?' zeg ik.

Ze kijkt me aan. Ze is ouder dan ik dacht. Haar grijsblauwe ogen staan ondoorgrondelijk schichtig. Dit is toch geen oneerbaar voorstel? Ik wil haar alleen maar helpen.

Ik vraag het haar weer: 'Op wie sta je te wachten?'

Het schichtige in haar ogen verandert in een mengeling van dankbaarheid en jeugdige hoop tegen beter weten in.

'Op Okko,' antwoordt ze zacht. Ik kan het nauwelijks verstaan.

Ze pakt het meisje en loopt verder het café in.

'Waar kom je weg?' Ik moet toch weten wie er in mijn café komt.

'Ik ben er net,' antwoordt ze.

Als ze zit, vraag ik of ze koffie wil.

Ze knikt, pakt uit haar tas een beurs. De zwarte stof van haar tas is bewerkt met zwarte glinsterende steentjes. Zoiets kennen we hier niet. Ze knipt de zilveren beugel open en neemt tussen duim en wijsvinger een muntstuk. 'Is dit genoeg?'

'Jazeker,' zeg ik en tegen het kind: 'jij wil zeker een glaasje ranja?'

Het kind kijkt hoopvol naar de jonge vrouw. Haar enige reactie is een verlegen lach. Ik neem aan dat het goed is.

Al die tijd hebben de mannen haar zwijgend bekeken.

• • •

Ik ben Tienus.

Bijna elke dag zit ik hier. Bij Harrie in zijn café. Samen met mijn kameraden Jans en Herman zit ik aan de stamtafel met de rug naar de tapkast. Zo hebben we goed zicht op wie er binnenkomt. Drie glaasjes jenever staan voor ons. We bespreken wat er is gebeurd in het dorp en daarbuiten. Er komen steeds meer arbeiders uit Duitsland om hier te werken. Er is onrust daar sinds de verkiezingen. En als er niets bijzonders is gebeurd, dan bespreken we wat er niet is gebeurd, maar wat wel had kunnen gebeuren. Met jenever gaat dat beter dan zonder. We hebben dus altijd veel te bespreken. Jans en ik zijn aan het woord, Herman praat minder. Het hoogtepunt van de morgen is de aankomst van de tram. We hopen altijd dat er veel volk uitstapt. De meeste kennen we wel, die wonen hier. Of komen hier vaker en kennen de weg. Ze gaan meteen door naar de kruidenier, de bakker of de drogist in de Kruisstraat. Heel af en toe stapt er een onbekende uit. Een verbaasde uitdrukking in de ogen, onwennig om zich heen kijkend. Hun koffertje zetten ze naast zich op de grond en verwoed slaan ze het stof van hun kleding. Het eerste wat die lui doen is hier naar binnen gaan voor koffie. Meestal wordt het een glas jenever. Het reizen met de tram schijnt een behoorlijk gevaarlijke onderneming te zijn. Je bent blij dat je heelhuids op je bestemming bent aangekomen.

Vandaag gebeurt er iets bijzonders. Eerst dat bijna-ongeluk. En nu de jonge vrouw die uit de tram stapt, met een klein meisje van nog geen vijf jaar, denk ik. Ze durft niet van de treeplank af te springen. Is het haar dochtertje? De vrouw pakt haar op en zet haar met een zwier op de grond. De stoom van de locomotief ontneemt ons het zicht op wat ze doen. Een schel fluitgeluid en de tram vertrekt weer. De vrouw kijkt om zich heen. Ze wacht zeker op iemand, wie in ons dorp verwacht er zo'n mooie vrouw?

De vrouw kijkt de hoofdstraat af, zet een paar stappen en loopt dan weer terug. Al die tijd houdt ze het kleine meisje stevig vast. Er is bijna niemand meer op straat, iedereen is op weg gegaan naar waar ze moeten zijn.

Wat doet ze nu? Ze loopt deze kant op. Naar het café. De deur gaat open en ze komt binnen.

Ik kan mijn ogen niet geloven. Haar gezichtje is net zo mooi als dat van mijn Klara lang geleden, heel lang geleden. Herman en Jans blijven halverwege een zin steken. Ze staren met open mond naar haar. Wij drieën houden onze adem in.

Harrie, de herbergier vraagt: 'Kom naar binnen, op wie sta je te wachten?'
Ze zegt: 'Op Okko.'
Typisch Harrie, met een achteloos gebaar wijst hij naar een tafeltje bij het raam. Het kleine meisje zet ze op de stoel naast haar. Zelf gaat ze zo zitten dat ze een goed zicht naar buiten heeft. Al die tijd heeft dat kind niets gezegd.
Ze pakt haar tas en geeft een muntstuk aan Harrie. Niemand in het dorp heeft zo'n tas, of het moet de vrouw van de dokter zijn. Even later zet Harrie een kopje koffie op het tafeltje en een glas ranja voor het meisje.
'Kijk, mama. Hier is de ranja oranje, niet rood zoals thuis,' zegt het meisje. Haar stem is bijna net zo mooi als die van haar moeder. Zo jong en dan al een dochtertje?
We beginnen weer te praten, Jans luidruchtiger dan anders. Herman mompelt wat. Jans gaat met veel lawaai ertegen in. Hij is net een hengst, indruk maken, aandacht trekken.
En ik? Ach, ik kijk naar haar en probeer op te vangen wat ze tegen Harrie zegt. Ik hoor hem zeggen dat hij geen Okko kent. Ze kijkt teleurgesteld door het raam naar buiten. Er komt een man de straat inlopen. Hij loopt gehaast, kijkt om zich heen, alsof hij iets zoekt, of iemand zoekt. De vrouw gaat even rechtop zitten. Ze zakt meteen weer teleurgesteld tegen de rugleuning van haar stoel als ze bemerkt dat hij doorloopt.
Ik loop naar haar toe. Ik weet niet wie er het meest verbaasd is: mijn kameraden of ikzelf.
Ik vraag haar: 'Wacht u op iemand?'
'Hij heeft me nog wel geschreven dat we moeten komen.'
'Wie heeft u dan geschreven,' vraag ik weer. Ik ben niet nieuwsgierig, maar wil wel graag alles weten.
'Okko.'
Ze zegt het alsof het heel vanzelfsprekend is dat Okko haar

heeft geschreven en dat iedereen weet wie Okko is.

'Hier is geen Okko,' zeg ik.

Teleurgesteld kijkt ze me aan. Ik draai me om naar Herman en Jans en zeg: 'Jullie kennen toch ook geen Okko?'

De mannen grommen wat, ze kennen geen Okko. Niet een naam van hier.

'Toch zou hij hier op me wachten.' Ze kijkt weer door het raam naar buiten. 'Ik moest hier uitstappen en op hem wachten.'

'Wij kennen in dit dorp geen Okko,' herhaal ik. Ik wil dat ze me aankijkt, ik wil haar graag zien. De mannen tegen de muur brommen dat ze Okko niet kennen.

'Zie je, geen Okko, je bent helemaal verkeerd.'

'Dit is toch Zweeloo?'

'Ja, er bestaat geen ander Zweeloo.'

'Nou, dan moet ik hier zijn. Dan wacht ik net zo lang tot hij komt.'

Ze draait haar hoofd van me af. In de spiegeling van het raam zie ik de wanhoop op haar gezicht. Ze houdt zich flink.

'Er zal toch niets gebeurd zijn...' Ze zegt het meer tegen zichzelf dan tegen mij.

Ik blijf even staan, maar ze negeert me verder. Uiteindelijk draai ik me om en ga weer bij Herman en Jans aan de stamtafel zitten. Ze kijken me grijnzend aan. Dit zal ik nog lang moeten horen.

De jonge vrouw tuurt wanhopig door het raam.

•••

Ik ben Jans.

Mijn beste jaren heb ik achter me moeten laten. Met Tienus en Herman zit ik elke dag in de herberg. Even weg van Aoltie, even rust an de kop. Met een glas jenever voor me. Ze praten hier in het dorp snel over je, dus ik vertel iedereen dat het tegen de rimmetiek is. Mijn botten en gewrichten doen pijn bij bewegen en bij stilzitten. Eigenlijk altijd, behalve hier bij Tienus en Herman.

Ik zag die jonge vrouw zodra ze was uitgestapt. Ze schuifelde eerst wat heen en weer. Een klein meisje hield ze stevig vast. Hoe oud zou ze zijn? Hooguit een jaar of twintig. En dat meisje? Ik heb daar nooit zo'n zicht op. Zelfs van mijn eigen kleinkinderen, die van ons Riek, weet ik het niet.

Harrie kijkt voortdurend door het raam naar haar. Ze tuurt de hoofdstraat af, eerst naar links en dan naar rechts. Zou ze op iemand wachten? Dan draait ze zich om en loopt naar het café. De mannen aan de tafeltjes bij het raam en wij aan de stamtafel stoppen met waar we mee bezig waren. Het is fluisterstil. Ook Tienus zwijgt, hij slikt een paar keer.

De deur gaat open. De vrouw kijkt verschrikt rond, ze is het zeker niet gewend dat er zoveel ogen op haar zijn gericht.

Harrie laat haar bij het raam zitten. Dan kan ze beter zien wie er aan komt lopen, zegt hij.

De mannen aan de tafeltjes bij het raam gaan verder met hun gesprek.

Ze bestelt een kopje koffie en voor het meisje een glaasje ranja. Ze zal in goeden doen zijn.

Ik hoor haar zeggen dat ze op Okko wacht.

Okko. Okko, denk ik, wanneer heb ik die naam gehoord? Het zal zeker een andere Okko zijn, een seizoenarbeider, die hier zijn geluk is komen beproeven? Ik haal m'n schouders op, ik bemoei me nergens mee en laat haar met rust.

Ze is erg mooi. Als ik niet zo'n oude bok zou zijn, dan zou ik dit groene blaadje op willen eten. Wat zal Aoltie thuis er niet van zeggen? Nee, ik moet me alleen bij de jenever houden. Kijken, verders niks.

Tienus staat op en loopt naar haar toe. Hij vraagt wie Okko

is, ze antwoordt dat ze met hem bij de tramhalte heeft afgesproken. Tienus draait zich naar ons en zegt: 'Jullie kennen toch ook geen Okko?'
Ik had gewild dat ik dit gedurfd had. Ik durf heel veel, maar zomaar een vreemde aanspreken – een vrouw nog wel – nee, dat niet.
Herman en ik grommen: 'Nee, wij kennen geen Okko.'
Tienus praat wat met haar. Ik kan niet goed verstaan wat hij allemaal zegt, na een paar minuten zwijgt ze en kijkt ze naar buiten. Tienus drentelt bij haar tafeltje en wipt van zijn ene been op de andere. Hij komt weer naast ons zitten. Herman en ik lachen hem uit, hij heeft weer eens een blauwtje gelopen.

•••

Ik ben Herman.
Ze noemen me hier de stille. Klopt. Ik praat niet veel. Wat valt er te zeggen?
Het zijn Tienus en Jans die veel praten. Ik luister alleen.
Over Okko misschien. Waarom zou ik dat doen? Er valt toch niets meer te veranderen. Nee, ik hou liever mijn mond.
Wat doet ze nu? De vrouw staat op en loopt de deur uit. Ach, ik ben te laat en kan haar niets vertellen. Laat maar zitten.

•••

Ik ben Gesiena.
Mijn winkel staat aan de Kruisstraat. Ik werk hier al zo lang dat ik iedereen in het dorp ken. Het is rustig op een morgen als deze, er is niemand in de winkel. Als de tram is aangekomen, kan het hier even druk zijn. Nou ja, meer dan drie of vier mensen kunnen hier niet binnen zijn. Ik wil ze in

de gaten kunnen houden, je weet nooit wie er met de tram meegaan. Uit de tram uit Coevorden stapt hier zelden iemand uit. En uit Hesseln? Ach, zo ver is het niet en om geld te besparen lopen de meeste mensen liever van Hesseln naar Zweeloo.

Van achter de toonbank in de winkel kan ik alles wat buiten gebeurt goed in de gaten houden. De tram is allang vertrokken, ik heb duidelijk de fluit voor het vertrek gehoord en dat is al zeker een half uur geleden.

Een vrouw met een klein meisje aan de arm loopt de straat in. Het meisje is keurig opgevoed, dat kun je zien. Ze dribbelt met haar kleine beentjes naast haar moeder, zonder aan de arm van haar moeder te trekken of om te kijken naar de automobiel die voorbijrijdt en een stofwolk veroorzaakt. We hebben hier in het dorp enkele automobielen, die van de dokter en van de burgemeester. Zij komen beide niet in de winkel.

De vrouw en het meisje komen steeds dichterbij. Ik tuur door het raam om te kijken of het bekenden zijn. Ze zijn hier nog nooit geweest, je ziet het aan hun manier van lopen. Weifelend, zoekend, alsof ze niet weten waar ze zijn of waar ze moeten zijn.

Als ze vlak bij mijn winkel zijn, staan ze even stil. Het jonge kind staat geduldig te wachten. Dan steken ze over en lopen, ze lopen naar mijn winkel!

Snel draai ik me om en doe net alsof ik druk bezig ben. Ze komen binnen. Ik probeer verwonderd te kijken, tegelijkertijd hou ik ze goed in de gaten. Misschien is ze in Schoonoord ingestapt. De vrouw buigt zich over het kind. 'Nergens aankomen,' zegt ze. Haar stem klinkt lief, je kunt horen dat ze erg gesteld is op het meisje. Ze is niet van hier, dat hoor ik zo. Het kind knikt verlegen en kijkt me angstig aan.

Ik vraag: 'Waarmee kan ik u van dienst zijn, mevrouw, zoekt u iets speciaals?'

Ze antwoordt: 'Ik zoek Okko.'

'Okko?' Die naam komt me niet bekend voor. Iedereen die hier in de winkel komt, ken ik.

'Okko?' herhaal ik, zo langzaam dat elke letter zowat afzonderlijk te horen is.

'Kent u hem?' vraagt ze nogmaals.

'Hier komen alleen vrouwlu binnen en geen van hen heet Okko. En manlu blijven meestal bij Mensingh hangen. Vraag daar maar eens.'

Ze kijkt me niet-begrijpend aan.

'Dat logement, daarginder, waar de tram stopt.' Ik wijs naar het logement achter de boomgaard.

Ze kijkt om en schudt haar hoofd. 'Daar is hij niet.'

'Hij kan waarken zijn bij een boer hier uit het dorp. Ze vragen vaak arbeiders voor op het land, jonge sterke kerels die van aanpakken weten. Mijn Adrinus was ook zo sterk voor hij… Nou ja, Okko is hier niet.' Snel veeg ik een traan uit mijn oog. Adrinus zou nu denk ik al vijfentwintig zijn en een dochtertje kunnen hebben, misschien net zo oud als dat meisje dat naast die vrouw staat. Ze houdt de rok van haar moeder goed vast en kijkt me verlegen aan.

'Daar weten ze niet wie hij is of waar hij kan zijn,' antwoordt ze. Het klinkt zo timide en teleurgesteld dat ik, voor ik er zelf erg in heb, het meisje een koekje geef. Ze durft het bijna niet aan te nemen, kijkt met grote ogen naar het lekkers. Zal de angst het onderspit delven van het verlangen?

'Toe maar.' Ze duwt het kind richting mijn hand.

Ik buk naar haar toe.

'Wat zeg je?'

'Dank wel, mevrouw.' Ze laat de rok van haar moeder los.

'Ik wil… ik móét hem vinden. Misschien weten ze ergens

anders waar hij kan zijn?'

'Als ik hem niet ken, wie dan wel?' Ik schrik er zelf van. Zeg ik dit echt? Zo ben ik net een roddelkont die van iedereen heel veel, zo niet alles weet en dat doorvertelt aan iedereen die het horen wil. Dat is bijna iedereen die hier in de winkel komt. Niet-verder-vertellen-maar-heb-je-al-gehoord…? Nee, zo wil ik niet bekendstaan. Hoewel ik natuurlijk heel veel hoor, ik vertel het aan niemand. Nou ja, misschien aan mijn beste vriendinnen.

De vrouw kijkt teleurgesteld en verdrietig. Ik krijg medelijden met haar.

Buiten komt een paard met wagen aanrijden. Niet iedereen in het dorp kan zich een vrachtautomobiel veroorloven. Eerlijk gezegd vind ik die lawaaischoppers helemaal niets: ze stinken, er komt een walm uit, vooral als ze schakelen na de bocht. Klutsen noemen ze dat, heb ik gehoord. Soms is het dubbel klutsen. Nou, dat doe ik met eiers voor een omelet.

'Vraag het eens aan die man op de wagen.' Ik wacht haar antwoord niet af en loop naar buiten. 'Hé Derk, ken jij Okko? Weet jij waar die werkt?'

Derk trekt aan de teugels en het paard houdt in. Het stof op straat daalt neer en even is het stil. Hij draait langzaam zijn hoofd naar ons toe, alsof de kater van gisteravond nog in z'n kop zit en kijkt me aan zoals alleen Derk dat kan doen. Hij is zo laks as 'n luus op een teertunne, zegt mien moe altijd.

Zijn wenkbrauwen worden samengeknepen tot een brede frons: een teken dat Derk nadenkt.

'Nee, die ken ik niet,' klinkt het traag. 'Waarom wil je dat weten?'

'Hier is iemand die naar Okko vraagt, ik weet niet wie dat is.'

'Als jij al niet weet wie Okko is, dan bestaat die man helemaal niet,' lacht die brutale aap ineens. Hij klakt met zijn tong en de wagen komt weer in beweging. Het paard snuift. Derk draait nog een keer, breeduit lachend, zijn hoofd om.

Ik loop weer de winkel in. Pas als ik weer achter de toonbank sta, zeg ik: 'Nee, hij weet het niet. Er is vast en zeker niemand op het veld die Okko heet.'

De vrouw kijkt teleurgesteld.

'Je kunt het bij het postkantoor proberen, we hebben er sinds kort een in het dorp. Niet meer in deze straat, maar aan de hoofdweg. Misschien dat ze het daar weten. Er is daar zelfs een telefoon, waarmee je kunt praten met iemand die je inlichtingen kan geven.'

Hoopvol blik kijkt ze op. 'Ja, daar zullen ze het zeker weten. Hoe kom ik daar?'

Ik wijs ze de richting. Als de vrouw de deur uit loopt, loopt ze in de andere richting dan ik heb aangegeven. Ik kijk ze na, ze moet het zelf maar uitzoeken.

• • •

Ik ben Swaantje.

Hier in de boerderij ben ik de meid. Ik sta vroeg op om te zorgen dat het ontbijt klaar is. Voor als de boer met zijn knechten terugkomt van het melken. Roggebrij en koffie natuurlijk. De roggebrij heb ik gisteren al gemaakt van licht gezouten water en fijn roggemeel. Hoe dat gemaakt wordt? Een dag van tevoren kook ik water met wat zout en strooi het fijne roggemeel erin. Ik roer het dan flink door elkaar. Daarna laat ik het ongeveer drie uren zachtjes koken. Hoe langer het kookt, hoe zoeter en lekkerder het wordt. En daar houden ze van. Vooral Arie vindt het lekker. Arie is de knapste van de knechten. We smokken stiekem. Als ik in de bakoven naast de boerderij de stoet bak, sluipt hij naar binnen, als niemand het ziet. Een keer heb ik niet goed opgelet en bakte het brood bijna aan. De mannen hebben

altijd veel honger. Dan willen ze roggebrood met reuzel. Of met kaantjes. Voor Arie bewaar ik stiekem altijd een plak bloedworst, als er net geslacht is. Hij wil met me trouwen, heeft-ie gezegd, hij kan het nergens beter hebben als met mij, zei-'t-ie laatst. Volgens mij heeft hij de kolder in z'n kop gekregen toen hij het nest poesjes zag. Ik moet oppassen.
De knechten zijn op het land, de boer is met de hengst weg, de boerin is boodschappen doen en ik ga thuus de keukenvloer vegen.
Op straat staan enkele mannen met elkaar te praten. Ik weet wie ze zijn, al komen ze hier nooit. Ze kijken om als er een jonge vrouw voorbijloopt. Ze valt op, een onbekende valt hier altijd op. Wat is ze mooi, ik zou willen dat ik zo'n gaaf gezicht had. Ik heb haar nog niet eerder gezien. Een klein meisje loopt achter haar en houdt haar rok vast. Moet dat kind niet naar school? Zou ze een zigeunerin zijn? Nee, dat is ze zeker niet. Ze is erg mooi en ze heeft iets verfijnds. En anders zie je het aan haar kleding. Het is, hoe noemen ze dat, modieus, zoals ik het gezien heb op een foto in de krant. Ik heb alleen de kleding die ik van de boerin heb gekregen. Zelf iets kopen, kan niet. Zoveel geld krijg ik hier niet. Ze zijn goed voor me, maar ze zitten hier wel op hun centen. Mijn schort is aanders altijd schoon en er is niets waarvoor ik me hoef te schamen.
De vrouw en het meisje lopen rechts het pad op. Ze ziet de boerderij. Even lijkt ze te twijfelen.
Ze komt de dam op. Ik besluit om net te doen of ik niets gezien heb, dan loopt ze misschien verder. Ik ben al achter met het vegen en de was.
De baanderdeur van de boerderij staat open. Had ik die nou maar dichtgedaan. Maar ja, die staat altijd open. Wie komt hier nou? Er valt niets te halen.
Ze loopt ernaartoe en kijkt naar binnen. 'Volluk?'

Ik stop met vegen en hou me stil. Als ik me wil omdraaien, raak ik een stoel. Het klinkt alsof er een stel reuzen door het huis dendert.

Ik veeg mijn handen aan mijn schort af en loop naar de deur. 'Wie is daar?'

'Ik zoek Okko.'

Okko, die naam heb ik nog nooit gehoord en van de knechten heet niemand Okko. 'Nee, hier is niemand die Okko heet.'

'Ik moet hem vinden,' zegt de jonge vrouw, het klinkt wanhopig. 'Hij zei nog wel dat hij in Zweeloo was.'

'Nee, geen Okko hier, hoewel... dat zegt niets. Ik woon hier pas een maand of zes.'

De jonge vrouw kijkt wanhopig om zich heen. 'Niemand schijnt hem te kennen. Ik heb overal al gevraagd. Als er maar niets gebeurd is.' Er klinkt wanhoop in haar zachte heldere stem.

'Hij heeft je voor de gek gehouden, zo zijn jongens.' Niet Arie, natuurlijk, denk ik er meteen achteraan.

'Nee, nee, dat zal hij nooit doen. Hij is serieus en ik weet zeker dat hij zich aan zijn woord houdt.'

Haar hoofd zakt dieper tussen haar schouders, de groeven om haar ogen staan ineens droevig. Het kleine meisje heeft zich achter haar verstopt en houdt zich goed vast aan de rok. Ze kijkt nieuwsgierig langs de vrouw en mij het huis in. Onder een van de tafels ligt de poes te suffen, vijf kleintjes rennen om hun moeder en proberen de ander te pakken.

'Poesjes,' wijst ze, ze houdt de rok van haar moeder goed vast.

'Je kunt maar beter weer naar huis gaan. Waar kom je weg?'

'Kan ik inderdaad beter weggaan?' Ze overlegt in zichzelf. Is blijven wachten verstandig? Ze kent hier niemand, ze is alleen. Op het kleine meisje na natuurlijk.

'Waar woon je?'

Ze lijkt me niet te horen, want ze reageert niet.

'Je dochtertje?' Om de stilte te doorbreken.

De vrouw kijkt naar het kind en glimlacht. Dan draait ze zich om en zegt 'Als hij niet hier is, dan zoek ik verder.' Ze pakt het meisje bij de hand en sleurt het zowat mee.

'Wacht eens,' zeg ik. 'Je kunt eens bij het postkantoor informeren. We hebben er pas een in het dorp. Daar weten ze alles, of ze kunnen het opzoeken.'

Het geeft haar weer hoop, er moet toch iemand zijn die weet waar Okko is. 'Dat vertelde ze me in de winkel ook al. Waar is het postkantoor?'

Ik wijs naar de boerderij waar het postkantoor is gevestigd. Schuin tegenover de woning van de burgemeester. Ze sleurt het kleine meisje zowat mee.

'Poesjes,' hoor ik het meisje zeggen en ze kijkt een paar keer om, aan de hand van haar moeder, tot ze de hoek om zijn.

Ik kijk hen na en ga weer snel verder met vegen. Straks komen ze weer van het land en dan willen ze meteen kunnen eten.

•••

Ik ben Menso.

Ik sta te wachten op mijn beurt in het postkantoor. Het is nog maar pas een jaar of zo dat Zweeloo een postkantoor heeft. Voor die tijd werden de brieven meegegeven aan de bode, die naar Oosterhesselen liep. Als het erg snel moest, konden brieven meegegeven worden naar Emmen. En als je je geld wilde storten, moest je zelf naar Emmen. Sinds de tram ons dorp doorkruist, kun je snel in Coevorden en Emmen zijn. In Oosterhesselen is er een kruispunt van tramlijnen en kun je overstappen op de andere lijn. Ja, de vooruitgang is niet tegen te houden. Eerst de tram, de auto's en zelfs… hoe heten die dingen? O ja, tractoren. Sinds het kantoor er is, kunnen we hier zelfs betalen bij de Postcheque- en Girodienst. De persoon voor wie dat geld is, heeft het bedrag dan binnen een week. Het moet niet gekker worden. Nu kunnen we hier in ons eigen dorp geld op een eigen spaarpot zetten, een spaarrekening noemen ze dat. De Rijkspostspaarbank is er immers voor iedereen. Achter de deur is het kantoor, daar gebeuren de gewichtige zaken, waarmee niemand iets te maken heeft.

Ik verveel u, hoop ik, toch niet. Als ik eenmaal praat, dan blijf ik praten. Ik moet toch wachten. Het is allemaal niet groot, toch zijn we maar wat trots op de postkantoorhouder of, zoals het officieel heet, poststationhouder. Misschien komt hier een telephonie-apparaat, heb ik horen vertellen. Dan kun je praten met iemand die er niet is.

Het duurt lang, dat wachten. Voor me staan een man en een vrouw uit Aalden. Ik ken ze, het zijn Aldert en Alina. Alina ken ik goed, ze kan haar mond niet houden. Ze heeft overal een mening over. Ze doet altijd erg aardig tegen me en heeft me een keertje gevraagd om haar te helpen. Ze gaf me koffie, plassies en toen het werk klaar was, een flink glas jenever. Sindsdien hou ik het maar af. Voor ik het weet, blijft het niet bij helpen. Ze vertelt Aldert over het bijna-ongeluk dat hier vanmorgen heeft plaatsgevonden. Er was iemand onder de tram gekomen. Toen de machinist ging kijken, was er echter niets te zien. Het zal een hond zijn geweest, die zich van schrik heeft verstopt en zijn wonden ligt te likken.

Verveeld kijk ik uit het raam. Wat interesseert me dat ongeluk, waarbij niemand gewond is geraakt.

In de verte, op de weg die van de kerk komt, loopt een vrouw. Aan haar hand heeft ze een klein meisje. Ze loopt snel, alsof ze de tram wil halen. Nou, de tram komt pas over een kwartier uit Oosterhesselen. Ik heb zelfs de fluit nog niet gehoord. Dat kan dus nog even duren.

Waar gaat deze vrouw naartoe? Ze wil de Hoofdstraat oversteken. Er komt een auto aanrijden, zal ze die in de gaten hebben en niet zomaar de straat oplopen? Gelukkig, ze blijft geduldig staan wachten tot de auto voorbij is. Deze straat is een echte straat, met stenen in visgraat. Toch ligt er veel droog zand op. De stofwolk achter de auto stuift alle kanten uit. Het kleine meisje naast haar komt langzaam uit het stof tevoorschijn. Lief kindje, denk ik. Had ik maar zo'n lief dochtertje dat ik vast kon houden. Mijn kleine meid is er niet meer. Ze is gestorven op de dag van haar geboorte, tegelijkertijd met mijn vrouw. Ik ga elke zondag naar hun graf, waarna ik de rest van de dag doorbreng bij Mensingh, tot ze me naar huis brengen. Het breekt de zondag. Domnee zei een keer dat ik daarmee moet stoppen. Hij zal toch niet bedoelen dat ik niet meer op het kerkhof mag komen? Hoe moet ik dan met ze praten?

Ha, de deur van het kantoortje gaat open. Arent komt naar buiten. Zijn kale kop is rood van de opwinding. Als het over geld gaat, windt hij zich altijd op.

De man en de vrouw uit Aalden willen tegelijkertijd naar binnen gaan.

'Ik was eerst.' Aldert kijkt boos naar de vrouw tegenover hem.

'Nee, ik stond hier al eerder dan jij.' Alina kijkt verongelijkt.

Als ze niet snel stoppen, ga ik er stiekem tussen, denk ik.

'Nou, je gaat maar voor, jij met je…'

'Dames eerst,' onderbreekt ze hem.

'Dámes ja, maar jij…' bromt de man. Zijn woorden hangen nog in de lucht als plotseling de buitendeur opengeduwd wordt. De vrouw en het meisje aarzelen even in de deuropening, alsof ze worden tegengehouden door zijn gegrom.

Aldert maakt gebruik van de onderbreking, duikt het

kantoortje in en doet snel de deur dicht.

De jonge vrouw is beeldschoon, zoiets zien we hier niet vaak in het dorp. Ik besef niet dat ik naar haar staar, tot Alina zegt: 'Menso, hoor je niet wat ze vraagt?'

Ik kijk haar glazig aan. 'Wat zei u?'

'Is Okko hier, kent u hem?' Het klinkt wanhopig.

'Nee, hier is geen Okko en ik ken hem niet,' zegt Alina, voor ik kan nadenken over wat ze vraagt, naar wie ze vraagt.

'Nee, ik weet niet wie Okko is,' vul ik aan.

'Ik heb al overal gevraagd, bij Mensingh, in de winkel, bij die boerderij daarginds, niemand schijnt hem te kennen. Weet misschien de postkantoorhouder wie hij is of waar ik hem kan vinden?'

'Dan moet je op je beurt wachten,' zegt Alina scherp. 'Ik laat niet voor de tweede keer iemand voorkruipen.'

De vrouw kijkt zo ongelukkig en het kleine meisje zo onschuldig dat ik, voor ik het weet, zeg: 'Maar van mij mag je voorgaan en van haar zeker ook.'

Alina kijkt me boos aan. Ik kijk zo onschuldig mogelijk terug, alsof ik me van geen kwaad bewust ben.

Dan doet Alina iets wat ik niet zou doen. Ze klopt op de deur en doet die, zonder op een antwoord te wachten, open.

'Hier is iemand die naar Okko vraagt. Kennen we hem?'

Twee stemmen zeggen dat ze Okko niet kennen.

Ze doet de deur weer dicht. 'Ze kennen hem niet.'

De vrouw kijkt zo verdrietig dat ik medelijden met haar krijg.

'Wie is Okko, wacht je op hem? Zou hij op jullie wachten?'

Ik hoop op een antwoord.

In de verte hoor ik de fluit van de tram. Hij zal net vertrokken zijn uit Meppen, denk ik.

'Je kunt beter weer vertrekken, we kennen geen Okko. Hier is hij niet en ik zou niet weten wie hij is. Zeker de vader van je dochtertje daar…' Alina zegt het op een manier dat je bijna antwoord zou willen geven.

'Okko,' zegt de jonge vrouw en hulpeloos kijkt ze om zich heen. 'Okko, waar ben je toch?' mompelt ze in zichzelf.

Ik lach naar het kleine meisje, dat af en toe verlegen langs de rok van de vrouw naar ons kijkt. Ik krijg medelijden met ze. Is zij het dochtertje van de vrouw? Is Okko dan misschien de vader? Ik durf het niet te vragen. Als Alina het hoort, weet heel Aalden het in een mum van tijd.

• • •

Ik ben Alina.

Ik weet heus wel wat ze over me zeggen. Dat ik goed kan roddelen en zo, dat ik mijn mond niet kan houden. Dat is niet het ergste. Dat mannen voorkruipen en niet op hun beurt willen wachten, dát is pas erg voor een alleenstaande vrouw.

En dan komt dat wichien, ze is nog zo jong, hier binnenstormen, dat kindje van haar meesleurend en nou wil ze voorkruipen, zogenaamd omdat ze wil weten wie Otto is. Of was het Okko? Zo'n smoes heb ik niet eerder gehoord.

Ze moet hier snel vandaan, ze moet hier weg. Menso kan zijn ogen bijna niet van haar afhouden. Sinds zijn vrouw er niet meer is, God hebbe haar ziel, is hij alleen. En een man alleen is maar alleen. Ik begrijp het wel. Ik ben ook alleen, heb geen kinders, ik kan best voor hem koken, zijn goed wassen en verstellen. Hij heeft een duivels mooi huis en een goed inkomen. Hij heeft veel land en dat verpacht hij aan de boeren hier. Iedereen in het dorp zal naar me opkijken, ze zullen het over me hebben als de vrouw van Menso, niet meer over Alina. In plaats van dat-ie naar mij kijkt, ziet hij alleen naar die mooie jonge vrouw. Zou het haar dochtertje zijn? Ze moet hier weg.

Ik hoor de fluit van de tram, hij zal al in Aalden zijn. Nog

146

even en dan stopt hij voor het logement Mensingh.

'Je kunt beter met de tram weer teruggaan naar waar je vandaan komt,' zeg ik.

Tot mijn verbazing knikt ze. 'Ja, dat denk ik ook. Okko zal wel niet meer komen.'

'Mag ik weten of Otto de vader van je dochtertje is?'

De vrouw glimlacht schuchter. 'Okko. Kom, Pientje, de tram komt zo.'

Ze knikt, draait zich om en opent de deur. Ze pakt het meisje bij de hand en even later staan ze weer op straat. Ik hoor het knarsen van de wielen van de tram op de rails.

Ik kijk door het raam naar buiten. Ze lopen naar de tram, die aan komt hobbelen.

Als de tram gestopt is, stapt een man uit. Meestal zijn het er meer, nu is het er één. Hij kijkt om zich heen. Ik ken hem niet. Sinds de tram hier aangelegd is, komen er zoveel onbekenden in het dorp.

Ik kijk nog eens goed. De vrouw loopt langs de tram met haar dochtertje. Plotseling laat ze het kind los. Ze begint te rennen, strekt haar armen uit naar iemand. Is het die man die uitgestapt is? Een stoomwolk ontsnapt aan de locomotief, de machinist en de kolenschepper stappen uit en lopen langs de tram. De jonge vrouw volgt hen. Ze zijn verdwenen in de wolk.

Even later klinkt de bel op de locomotief, een fluit, de walm puft ineens omhoog uit de schoorsteen en de tram zet zich weer in beweging. De tram rijdt langs het postkantoor. De stoom van de locomotief ontneemt me het zicht op wie er in de wagon zit.

Ik draai me om naar Menso.

'Zeg Menso, jij mag zo meteen eerst. Je zult zeker haast hebben en ik heb meer tijd nodig dan jij.'

Menso antwoordt niet.

De wielen knarsen als de tram verderop door de bocht gaat en even later over het bruggetje gaat richting Wezup.

•••

Ik ben Pien.

Langzaam word ik me ervan bewust dat mijn hoofd door een mistige wolk zweeft. Nuances van grijs en lichtgrijs ontnemen me het zicht op waar ik ben. Wat ben ik geschrokken.

Ben ik werkelijk overreden door de tram? Maar hier rijdt helemaal geen tram meer. Lang geleden wel, ik kan het bruggetje zien waarover vroeger de rails lagen, de planten groeien er zowat overheen.

Een donkere gedaante dringt zich door de mist, tot ik er een figuur van een mens in kan onderscheiden.

Steeds duidelijker contouren stulpen uit, er wordt een hand naar me gereikt. Een onbekende helpt me overend.

'Heeft u zich bezeerd?' Het is een mooie donkergekleurde mannenstem, vol medeleven en interesse, zoals dat vroeger normaal was, toen men nog aandacht voor een ander had. Het is niet van deze tijd.

Ik schud nee. De mist verdwijnt en ik zie duidelijk zijn gezicht, vriendelijk, open, met een vragende glimlach om zijn mond. Hij is aantrekkelijk knap, zoals Nicolaas dat geweest moet zijn voor ik hem leerde kennen.

Opeens mis ik mijn pendel, mijn enige aandenken aan Nicolaas.

In het gras zie ik iets schitteren, de pendel. Voorzichtig, als was het de grootste diamant uit Afrika, neem ik het in mijn hand. Ik trek het touwtje strak. Als ik de pendel laat hangen, beweegt hij niet. De onbekende kijkt me aan alsof hij een ander wezen ziet.

'Kent u mij?' vraag ik. 'U kijkt me zo vreemd aan.'
Hij schudt zijn hoofd. 'Nee, maar u doet me aan iemand denken, iemand van lang geleden, iemand die Pien heette.'
'Da's toevallig, ik heet ook zo. Ik ben genoemd naar mijn grootmoeder. Die naam komt niet zo vaak voor.'
'Ik zal me voorstellen,' antwoordt hij, waarbij hij een lichte buiging met zijn hoofd maakt. 'Ik heet…'
Een bovenmaatse trekker met wielen die boven ons uitsteken, rijdt voorbij en maakt zoveel lawaai dat ik zijn naam niet kan horen.

Claartjes gezicht veranderde. Ze was weer zichzelf.
'Wat zei die man nou?' riep Robin.
'Ik weet het niet, Robin, ik heb het niet verstaan. Doet het ertoe?'
'Ja, geen losse eindjes, daar word ik onrustig van.'
Sander en Kris keken stil voor zich uit. Was dit nu dezelfde Claartje van eerder toen ze elkaar voor het eerst zagen? Was dat de kracht van verhalen aan elkaar vertellen?
'We mogen M. dankbaar zijn,' zei Kris.
Sander knikte. 'Ik wil nu weleens weten wie M. is.'
'Dat zullen we misschien nooit weten, maar doet het ertoe? Misschien moeten we gewoon aanvaarden dat we niet alles weten. Dat is ook het mooie van verhalen: je bent even in een andere wereld, ze zetten je aan het denken, je bent gegroeid als het verhaal verteld is.' Claartje stond op en pakte haar tas op. 'Kom, ze wachten op ons.'
'Dus nu weet ik niet wie Okko is, ik weet niet wie M. is,' zuchtte Robin, 'maar we hebben elkaar mooie verhalen verteld.' Hij stak zijn arm door die van Claartje. 'We lopen samen, misschien kan ik nog bij je ontfutselen wie Okko nu was.'
'O, dat zal ik jullie vertellen,' lachte Claartje. 'Okko is degene

waar je het allemaal voor doet… Je doel in je leven.'
Kris, Sander, Robin en Claartje liepen naast elkaar naar de Aelderstraat. Af en toe belde een fietser om voorbij te kunnen.

Het diner

Toen ze bij Tante Sweel aankwamen, liet Claartje haar uitnodiging aan de gastvrouw zien. De vier wandelaars werden naar een gereserveerde tafel geleid. Midden op de tafel stond een fles wijn. Sander keek op het etiket.
'Niet slecht,' zei hij.
Met de groeten van M. stond op het kaartje dat aan de hals van de fles hing.
Sander opende de wijn en schonk voor iedereen een glas in.
'Op M,' zei hij en hief zijn glas.
Robin lachte. 'Op M.'
Kris tikte met haar glas tegen de andere glazen: 'Op de onbekende M.'
Claartje, die nooit dronk, vond dat ze zichzelf in dit gezelschap een glas wijn wel mocht gunnen. Dit was zo'n speciale gebeurtenis!
'Nee,' zei Claartje resoluut. 'Op ons allen.'

Tijdens de maaltijd praatten de vier wandelaars opgewonden met elkaar. De avonturen en verhalen die ze met elkaar hadden gedeeld, waren even naar de achtergrond verdwenen. Ze hadden het over hun eigen levens, interesses en doelen en kwamen tot de ontdekking dat ze meer met elkaar gemeen hadden dan ze eerst dachten.

Claartje leunde achterover in haar stoel. Misschien had ze zich vergist, dacht ze. Deze mensen zou ze nooit als gezelschap uitgenodigd hebben, toch voelde ze dat ze haar mening moest bijstellen. Ze voelde vriendschap, misschien zelfs liefde voor deze mensen. Ze keek naar Robin en zuchtte. Een warm gevoel van trots stroomde door haar. Hij was in de afgelopen uren volwassen geworden. Toch was dat niet de echte reden waarom ze zich zo verbonden met hem voelde. Die reden hield zich nog steeds, diep in haar hart, verborgen.

Robin keek naar de mensen aan de tafel. De liefde van Cicero voor Ippe was intens geweest, dacht hij. Zo intens dat hij nog steeds vlinders in zijn buik voelde als hij aan Ippe dacht. Zijn hart brak bij de gedachte dat hij hem nooit meer zou zien, maar deze vreemde groep mensen had hem opgevangen. Wie had dit vanochtend ooit kunnen denken, dacht hij met een glimlach.

Iedere keer als Sander naar Kris keek, voelde hij het ook in zijn buik kriebelen. In haar ogen las hij wat hij altijd had gezocht. Ze nam hem zoals hij was, ze keek door zijn arrogantie heen, dat hem als een schild beschermde tegen de pijn die mensen hem in het verleden hadden aangedaan. Hij merkte dat zelfs Robin en Claartje hem accepteerden zoals hij was. Het gaf hem een warm gevoel, hij voelde zich thuis bij deze mensen.

Kris genoot van het gezelschap. Ze hadden zoveel met elkaar gedeeld, ze hadden zich kwetsbaar opgesteld en voelden zich verbonden door hun ervaringen. Niemand zou geloven wat zij hadden meegemaakt. Toch was dit écht, tastbaar. Het pad dat ze hadden bewandeld had hen met elkaar verbonden. En

Sander? Tja, Sander… Ze kreeg het warm, blosjes kwamen op haar wangen. Wat zouden zij samen nog gaan beleven?

Aan het einde van de maaltijd viel er een stilte. Geen van de wandelaars wilde vertrekken, maar het was tijd. Op dat moment kwam de eigenaar van Tante Sweel naar hun tafeltje.
'Deze brieven moest ik bij vertrek aan jullie geven.' Ze draaide zich om en verdween.
Robin pakte de brieven op en deelde ze uit. Hun namen stonden in dezelfde mooie, gekalligrafeerde letters op de brieven. Alsof ze het zo afgesproken hadden, openden ze tegelijkertijd de brieven. Ze lazen in stilte en stopten na het lezen hun brieven bij zich. Ineens keken ze elkaar aan.
'Weet je…'
'Ik…'
'Hoe zou het…'
'Wie had dit ooit kunnen denken.'
Ze barstten in lachen uit. Er viel niets meer te zeggen. Ze stonden op, knuffelden elkaar en liepen naar buiten. Hun levens waren voorgoed veranderd!

Victor Vergeer

Victor Vergeer zoekt continu nieuwe grenzen op en is niet vies van nieuwe uitdagingen. Als kind had hij affiniteit met technologie. Hij creëerde een groot aantal lichtobjecten met leds. Ook hier probeerde hij andere invalshoeken te gebruiken om tot unieke, abstracte vormen te komen. Tijdens het schrijven van zijn eerste boek kwam hij erachter dat hij gebruikmaakte van zijn ruime ervaring als computerprogrammeur. Het opbouwen van complexe structuren is voor hem een dagelijkse bezigheid en heeft geleid tot het schrijven van een aantal Engelstalige fantasierijke science fiction boeken onder de naam Kin Asdi. Zijn eerste Nederlandse roman *De Protegé* zal midden september 2022 beschikbaar zijn.

Wilt u een van zijn boeken bestellen of meer informatie over deze schrijver lezen, ga dan naar:
www.victorvergeer.nl.

Claudia Stinne

Claudia Stinne debuteerde in 2021 met haar boek *Een leven op wielen*, een verhaal over acceptatie, kracht, doorzettingsvermogen en vriendschap. Het jonge wielertalent Mathijs de Waard moet zijn leven volledig opnieuw vormgeven als hij na een auto-ongeluk verder moet met een dwarslaesie. Door de reële beschrijvingen en omdat het verhaal toegankelijk geschreven is, zie je alles levendig voor je. Als lezer wordt je dan ook meegezogen in het verhaal. Het boek is een unieke mix tussen drama en feelgood zowel geschikt voor Young Adult als volwassen lezers.
Het boek krijgt goede recensies en staat in de top 3 van de Indie Awards als 'beste boek van 2021'.

Wilt u haar boek bestellen of meer informatie over de auteur of de roman lezen, ga dan naar:
www.eenlevenopwielen.nl.

Jos Govaarts

Jos Govaarts presenteerde in 2019 zijn debuutroman *Krassels*, Daarna verscheen van zijn hand *De man met de rieten reiskoffer*, over een gebeurtenis in Zweeloo tijdens de Tweede Wereldoorlog. In juni 2022 bracht hij zijn derde roman uit: *De Jongen die Wilde Deugen*.
Zijn boeken worden uitgegeven bij uitgever Godijn Publishing.

Wilt u een van zijn boeken bestellen of meer informatie over deze auteur lezen, ga dan naar:
www.josgovaarts.nl.

Jeannette Hachmang

Jeanette Hachmang schreef verhalen voor haar kinderen. Toen zij ziek werd en niet meer kon werken, stimuleerden haar kinderen haar om weer te gaan schrijven. Toen een medewerker van het UWV haar verhalen las, vond hij dat deze uitgegeven moesten worden. Sindsdien zijn er drie boeken gepubliceerd; *Kikkertje Knetterkont*, *Het Kleine Reusje* (kinderboeken) en *Gevangen door een angststoornis* (zelfhulpboek). Binnenkort komt haar vierde boek uit.

Wilt u een van haar boeken bestellen of meer informatie over deze auteur lezen, ga dan naar:
www.mijnleukekinderboeken.nl.